你是最好的自己

張皓宸 著　楊楊 攝影

CONTENTS 目錄

台灣版序——

愛自己這件事不用被提醒

嚴格意義上來說，這是我的第一本書，二〇一四年出版的時候，還沒有這樣的作品合集，故事部分省去人名，全部用主人公性格關鍵字加上先生小姐的稱謂代替，圖片部分悉數用當時的手機拍攝完成，插畫部分僅用黑白線條和生活中常見的物件組合繪製，這三個力量都特別微小，還不夠精緻，但放在一起卻組成了特別的觀感。

在經歷了原本以為只能讓我自己完滿的創作過程之後，它竟然有幸成為了一本能治癒別人的書，很難講什麼叫治癒，大體是在日後遇見的讀者裡，有人說看這本書走出了失戀，有人說因為這本書堅定了初心，還有人決定在選擇眾多的現實世界裡，全力找到自己的熱愛。後來我明白了，所謂治癒，不過是心裡默契的回聲，類似於在人流湧動的大街，你與陌生人的對視一笑，說不清道不明的，成為一個磁場彼此吸引的存在。

四年過去，很開心這本書能來到台灣，與你見面，感謝你翻開它，給它一次與你交心的機會，如果你認同故事裡的情感，圖片背後的溫度，那我們是一樣的人，我們會是很好的朋友。願你能感受到這些蟄伏於生活裡的動人小事，願你在這些渺小的圖文背後，能見識自身偉大的力量，這麼多年，你看盡山水，在風雨裡跋涉，一步步走到今天，不是因為你有多少靠譜的朋友，多少次盪氣迴腸的愛情，而是因為你本就可以。

治癒皆是因為我們患了病，你該堅持的長期醫囑，是不要忽視時間的變力，別跟自己過不去，不要愛得太滿，不要再去取悅任何人。

因為你是最好的自己，所以愛自己這件事，不用被提醒。世事無常，唯願你好，朋友。

序——

五十分和一百分

一直認為，每個人最愛的，其實都是自己。所以，愛上一件衣服、一杯飲料、一個人，不過是為了滿足自己的欲望。

很多人容易被外界牽動情緒，會在聽到某首歌、看到電影裡的某個情節時瞬間崩潰。愛裡的不甘心和生活中的自卑會偷偷在心裡抓撓，它們在提醒自己，所謂「我很好」不過是佯裝的藉口，而時間更是對記憶最浪漫的虛擲。

跟楊楊決定一起出這本書，是在我們數次合作正能量插畫之後。他這個人對一切事物都有種雲淡風輕的安然，以至於通過這些插畫合作，受他影響，我慢慢也可以控制自己的情緒，輕鬆感知快樂。

他喜歡手機攝影，我喜歡寫故事；他有好的創意，我有半吊子的畫畫水準，像是兩個五十分還需進步的人，那何不一起來完成一張五十分的試卷呢?!

攝影部分，楊楊全部用手機完成，記錄從中國內地城市到香港，再到泰國、荷蘭、英國，從身邊的吃喝拉撒到外界的喜怒哀樂。沒有單眼相機的專業和距離感，像是親密朋友的日記，隨意翻開一張，都彷彿自己也去過那個地方，做過同樣的事。

書中的二十一個故事，均是我從故鄉成都到北京工作這輾轉二十多年遇見的人與事。每一位主人公都真實存在，他們的故事或精采或無趣，但都是時下社會和人際交往中最常見的典型。關於愛情的悲喜，友情的執著，夢想的堅持。

當然，我們還收錄了部分已發布和未公開的創意插畫，希望能延續我們想傳遞的樂觀和堅持。終於可以把作品集結成冊，來彌補每次在微博上看到我們的畫被盜走時的遺憾了。

很多人問我倆為什麼總能充滿正能量，而自己卻常常覺得活得委屈。那是因為他們都是善於欺騙自己的高手。明明在生活中經歷了無數讓自己感到愉悅的大小事，卻習慣性地把負面情緒記掛在心。

確實，體悟幸福其實比承受痛苦更需要勇氣。

如果想哭，就把自己當作一朵會下雨的雲；如果覺得現在非常痛苦，就相信接下來遇見的每件事都是好事；如果不想在情感世界裡失望，就把對方當作你的所有，把自己當作對方的一部分；如果不知道能成為怎樣的自己，那現在就先做你能做好的事。

我們都把焦躁的情緒放一放，先往幸福的方向去吧。

CHAPTER 1

喜歡你，是一場漫長的失戀

當他不喜歡你，
你故意漂亮地出現在他身邊是沒用的，
你送他的糖是不甜的，
你三不五時發的「你在幹什麼」「在哪裡呢」
在他眼裡跟賣房簡訊的性質是一樣的，
你跟他鬥嘴做相同的事他會覺得是他光芒萬丈
而讓你自願靠近他的，
你在狀態裡更新的小心思他是看不懂的，
你哭得死去活來他也是不痛不癢的。
他是你的生活背景，而你是他的甲乙丙丁。

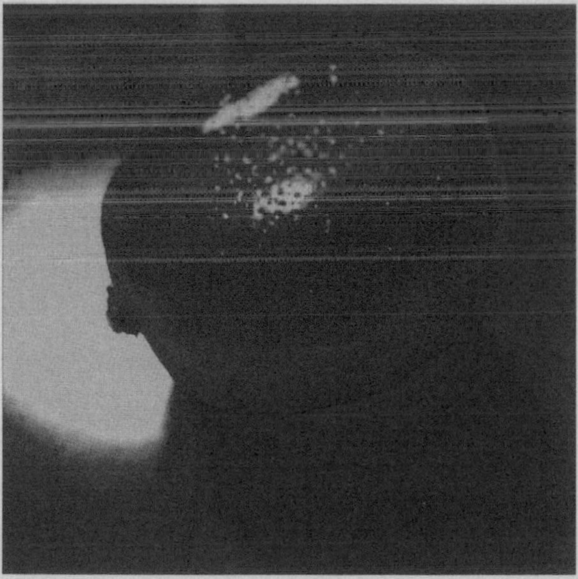

Z，事到如今，你一定會感激，在這不長的生命中可以遇見一個閃閃發光的人，是多好的事吧。就算你們沒有在一起，也至少把他當成信仰一般遙遠地愛過，這青春就無悔了吧。

Z，你常說，自己沒有什麼拯救人類的本事，但可以給一個人幸福。

二〇〇九年，我們大二，你跟他在網上認識，他在上海同濟大學念書，喜歡玩網遊，做設計。那時候的你，特別傻，因為要跟得上他貧嘴的頻率，於是從書上、電視劇、BBS裡學了好多損人的話。你一邊抱怨遊戲裡那些難看的人設，一邊跟他玩得不亦樂乎。當你抱著筆記本衝到我寢室樓下，急匆匆地問我如何用PS把他的頭像放在綠巨人身上時，我就知道，你喜歡他的程度，應該接近沸點了。

但是你們並沒有在一起。原因可能是你這個另類的膽小白羊座，因為不確定對方的心意而不敢表白。當然我一直認為根源是他不愛你，所以才捨得曖昧。

因他跟你是老鄉的關係，於是在大二的暑假，你們第一次見面。頭一天晚上你給我打了很多次電話，說睡不著。我說你就想像他坐馬桶的樣子、睡覺打鼾的樣子……總之往不好的地方想，他外面那層發光的東西剝落了，你也少一點壓力。當然最後你還是直接睜眼到天亮，笨拙地用遮瑕膏蓋了蓋黑眼圈去赴約。你們見面後，如老朋友般有一句沒一句地拌嘴。你一路給我發訊息，他好帥，好陽光，手臂線條很好看，你們去了哪裡玩，去了哪裡吃飯。

你最後一條訊息說，你們在吃披薩，你搶了單。

在這之後的三天，我都沒有收到你任何的訊息，電話打過去也是關機。我以為你們一見鍾情手拉手趕上了熱戀的列車，可當你敲了我家的門，然後掛著一臉淚站在我面前時，我才意識到，天色將晚，他提前下了車。

原來那晚你們分別後，你鼓起勇氣給他發了訊息，在那句唯唯諾諾的「給你說個秘密，我好像喜歡上你了」發出去很久之後，他才回覆了很精練的一句話：「我一直都把你當妹妹的，我已經有女朋友了，我好像不能對不起她。」

我看著你靠著沙發哭得狼狽，很是心疼。我大概能體會到這種感覺，這種把他的頁面打開又關上，只為看他的日誌和相簿有沒有更新；這種隨時感覺手機在震動；這種一看見他就變成話匣子；這種失掉了所有的興趣，唯一的興趣就是想跟他在一起的感覺……是不是就是所謂的把「喜歡」慢慢疊加之後，價值提升的「愛」。

我問你，你怎麼回覆他的。

你瞥了我一眼，說，那是跟朋友在玩大冒險的懲罰。

書上說，你成為今天的你，定是因為一些事的發生，它們或大或小，但必定在你的記憶中留下了烙印。爾後所發生的許多事，或悲慟，或盛大，或悄然而至，都能在這些烙印裡找到最初的源頭。

你對他，開始了一場以十九歲為起點的漫長暗戀。

每個男生，包括我自己，很多時候難以區分曖昧的界限。他們對於身邊出現的女生，在找到真正喜歡的那個人之前，是不會把其他人統統歸進黑名單的。他們在被某種關懷圍繞、被別人需要的情感裡樂此不疲。正因為他們孤獨、自負，而又要養活那顆倔強的心臟。

而你，不過是他們成長的犧牲品。暗戀一個人，究其原因，不過是因為自己在喜歡的人面前太過卑微，而失掉兩人能走到一起的自信心。

當他不喜歡你，你故意漂亮地出現在他身邊是沒用的，你送他的糖是不甜的，你三不五時發的「你在幹什麼」「在哪裡呢」在他眼裡跟賣房簡訊的性質是一樣的，你跟他鬥嘴做相同的事他會覺得是他光芒萬丈而讓你自願靠近他的，你在狀態裡更新的小心思他是看不懂的，你哭得死去活來他也是不痛不癢的。他是你的生活背景，而你是他的甲乙丙丁。

Z，我體諒接下來的幾年、幾百天、幾千幾萬小時，你焦灼而又無可奈何的心情。後來，你們沒有再說過一句話，你也不願意常來找我了，你變得孤獨，渺小得像是宇宙中微弱的一顆星體。有一次，我在人工湖邊看到你，你蹲在地上盯著溼漉漉的土壤發呆，我那時第一次覺得你瘦了，愛情真的是最壞的發胖甜品和最好的減肥苦藥。你的室友說你常把飯菜打包帶回寢室，對著電腦螢幕一發呆就是一下午。網遊停在以前的舊版本不再更新，你也捨不得刪。你失去了原本對很多事情的期待，尤其在愛情這一塊。

後來我們畢業了，我去了北京，臨行前聽人說，他成了衛視節目的製片人。我感嘆，上天為什麼總是眷顧傷害別人的一方。我在北京工作得很順利，很快就融入了北方的生活。微博流行起來之後的某天，你關注了我，我第一時間發私信給你。

Z，你過得好嗎？

你說，你現在在一家日企上班，每天朝九晚五，沒有什麼新的朋友，唯一的愛好可能就是研究國外各種電影。你變成了我最常見到的那種女生，平淡、簡單、規律，好像能把你未來五年甚至十年的軌跡一眼看穿似的。你對我說了抱歉，因為那段暗戀的不成熟讓我們的友情也淡了。我當然沒有責怪你，只是看著你現在淡然的那抹笑，仍然在意，你是否還沉在過去那段感情裡。

你說，受過傷的地方，永遠留著一塊傷口，在你快忘記它的時候，就會突然疼一下。

以前那個拿著刀槍棍棒要勇闖別人世界的女孩，最後竟學會安穩地自己舔舐傷口。活得越久，越

發現，嘲笑聲是自己發出的，耳光也是自己打的。擔驚受怕的任何事都是經歷，所有經歷，都是收穫，所有收穫也都將化作塵土。

沒有了當時那份濃烈的喜歡，是因為成熟了，丟棄了過去的自己。現在的你，偶爾還是會關注他的近況，看他有沒有傷心，又跟誰愛戀著。而你一直沒有戀愛的原因，可能是還需要更長的時間或等著更好的人，來撫平那個不可能的人住得太久而留下的凹痕。

喜歡一個不喜歡你的人，就意味著一場漫長的失戀，它不能靠轉移注意力或者看一些喜劇片冷笑話來排解心傷。這本是一道帶有不甘心的算術題，除了靠時間運算，在那堆加減乘除裡，根本找不到簡便演算法。

一輩子總會愛上不愛你的人，也總

會被你不愛的人愛上，而這些所謂的事與願違，都是人生。你愛上的他，跟你最重要的夢長得很像，你的每一次注視、每一句問候，都想換來等價的「我喜歡你」。可是，對方的每一次冷淡回應都會把你打回現實。現實就是，即使他冷淡對你，你仍然鍾情於他，你能讓自己冷淡嗎？道理都懂，只是不死心罷了。所以，就好好享受喜歡一個人，再被那個人傷害，最後只剩自己的感覺吧。這是門叫「時間」的課，上過之後，或許你就成長了。

因為喜歡一個人，就包容了對方的不羈與忽視，你唯一能做的，就是不打擾。沒有人會永遠活在過去，懷念是因為尚且年輕。只有離開才能給彼此更廣袤的天地，跋涉途中終將失去曾經的自己，而變成更好的你。

Z，有一件事沒有告訴你，還記得你給我發的那條訊息嗎？你們吃的披薩，你搶了單。

那時你把寫著數量×2的發票夾在錢包裡，當作紀念。可是有一次我無聊翻看你錢包裡的拍立得時，那張發票掉了出來，再次攤開的時候，上面的鉛字褪了色，變成了一張白紙。

其實一切問題，時間已經給了答案。

CHAPTER 2

等待愛情
永遠是徒勞的

我們都期待喜歡的人給予回應，
與其把時間消磨在一個聽不見你聲音的人身上，
不如把那些蜜語甜言說給懂的人聽。
人生這條路，無論你走到哪裡，
身後有人追趕你，遠方有人回頭找你，
已是最大的福分。

人這一生不過就是在蹉跎中等待，或者在等待中蹉跎。我們遇見過那麼一兩個「還好」的人，但或許為了等待那個「最好」，而白白浪費了緣分。

在這點上，我們都是固執的人。

固執小姐說：「我一直等著白馬王子出現，只是走在我前面的人根本不會停下來等我。」

因為爸媽常年在外工作的緣故，固執小姐比同齡人更獨立和早熟。四年級就開始聽流行歌，並對Coco（李玟）有種癡迷的愛，於是在周遭同學還在看動畫片、讀四大名著的時候，她就已經宛如小野貓般遊走在時尚尖端。到後來，她活脫脫變成了第二個Coco：身材凹凸有致，跟誰說話都習慣性放電。於是在高中時，吸引來一個同是Coco腦殘粉的眼鏡男。兩人為了看Coco在廣西的演唱會，省下生活費相依為命吃了幾個月的白粥；為了互通偶像最新資訊，高中三年寫了幾十本交換日記；為了一起躲在天台聽Coco的新專輯，專門為對方如何蹺課出謀劃策，於是兩人占據了彼此青春回憶裡最重要的位置。

當時所有人都以為他們是一對，固執小姐也懶得解釋，因為她心裡清楚地知道，自己的白馬王子還在路上。

上大學後，兩人分隔，一南一北。固執小姐在傳媒學校讀播音，剛進校就對一個大四的系草愛到深處無怨尤，從此他就成了她生活的圓心。雖說是系草，但放在現在的審美來看也不過是個痞子氣外露的非主流而已，倒是固執小姐憑著她對流行音樂的悟性和一身成熟的裝扮，在大一就建立了音樂社團，成了校園裡頗具個性的小明星。

那個時候，固執小姐廣納音樂人才，大二時被學校特許創業，組了自己的工作室，每週有跑不完的演出。三年下來不光自己交了學費，還賺了一筆數目不小的生活費，只是最後這些錢，都去了不該去的地方。

畢業那年，工作室因人員畢業流動問題解散了，固執小姐開始籌謀去向。系草在市中心開了家香水店，小有成績後便琢磨著再開家服裝店，可惜資金不夠，第一個就想到了固執小姐。固執小姐完全沒有考慮便把所有的錢塞給了他。更荒唐的是，她拒絕了北京某唱片公司簽約出道的邀請，而是留在小城裡幫忙系草打理店舖。

她的偏執惹惱了眼鏡男，他從上海坐飛機過來罵她。在雙方一陣僵持後，固執小姐拋出一句「你是我的誰啊」試圖做為話題的終結。但眼鏡男直接把眼鏡往地上一摺，捧起她的臉就朝嘴巴親了下去，然後

非常man（爺們兒）地吼了一嗓子：「老子喜歡了你七年，我不是你的誰，但我知道，你是我的誰。」

劇情發展到這裡，應該是兩人抱頭痛哭然後美好地生活在一起之類的，但其實沒有，固執小姐賞了眼鏡男兩耳光，最後連朋友都沒得做，徹底淪落為路人。

陪伴系草的這一兩年，固執小姐一心一意地對他好，偶爾也有幾次自覺不值得的時候，但轉瞬又被他意外的關心打消了念頭。她覺得曖昧或許能修成正果，安靜地等待才能得到最好的他。

因為系草三番五次地在她面前說自己喜歡獨立、成熟、有自己事業的女生，於是在他的店舖第二年開始贏利的時候，固執小姐開始有意識地把自己翻唱的歌投給一些小公司，試圖做個網路歌手。但簡歷丟出去都石沉大海了。一次看到某衛視

辦了個關於主持人的選秀，於是她偷偷在網上報了名，然後過五關斬六將，拿到了分賽區冠軍。準備去上海進行決賽之前，她終於忍不住，跑去服裝店跟系草分享這個消息。

可是遠遠地，她就看見他跟一個女生抱在一起。系草有了女朋友，之前他對固執小姐的一切情愫都歸零，還霸道地在她面前宣稱，我們一直都是最好的朋友。

幾乎為了他背叛了全世界，最後竟落得如此下場。固執小姐不甘心，試圖以一個正牌女友的身分去阻止他們，可真跟系草較起勁來，又失去了立場。是啊，當初甩給眼鏡男的那句，你是我的誰啊，如今也被系草以同樣的口吻說出。這個世界上，每當單戀上一個人就是一次畫地為牢的過程。

那段時間，她整個人像被風吹散的蒲公英，被時間推著走。偶爾跟在系草和他女友的身後，看他們一起去電影院，一起坐旋轉木馬，想起以前自己和他關係如此好，他卻也從未講過「我喜歡你」這樣的情話。有時候甚至還很嚴厲：他不喜歡將跟她的合影發到網上，很少在她QQ簽名下評論，他的性格很好強好像誰都無法改變。但現在，他可以如此溫柔地對待一個人，他竟然也會收起不可一世的架子改變自己。她發現原來他也可以發合照，也可以在部落格上記錄那些我愛你我想你的細節。

那一刻，固執小姐才恍然，不是他不喜歡你，他只是不夠愛你；不是他不想改變，只是你還不夠他為你改變。

收拾好情傷，固執小姐發誓再也不輕易戀愛了。

她如約去上海參加了主持人選拔的總決賽，看著別的選手上場台下親友團的陣陣歡呼有些落寞，來不及適應陌生城市的一切，就必須像一個主人一般自信地站在台上。上台前，主持人報完她的名字後，台下卻響起了尖叫聲和掌聲，寫有她名字的燈牌和橫幅被高高舉起，這如大牌駕到的高規格讓台上所有人傻了眼，她莫名興奮又疑惑地表演完自己的環節，退場時才看清，眾人背後，那個默默看著她的眼鏡男。

她沒忍住眼淚，躲到後台哭花了妝。

她沒拿到冠軍，但留在了上海。

她因為那次比賽進了娛樂圈，現在拍一些小成本電影，在沿海城市跑一些舞台劇巡演。這一切，都是眼鏡男託朋友關係帶給她的。兩個單身貴族一起在浦東租了個高級公寓，討論新電影、圈內的八卦，以及每天放著Coco的經典好歌。一下子，彷彿回到了高中那三年。

眼鏡男有次非常自省地對固執小姐說：「很多男生肯跟女生曖昧的原因只有一個，就是他沒那麼喜歡你，你只是他排解寂寞的人肉聊天工具而已。他們的潛意識裡一直都在尋找自己最愛的人，一旦遇見了，就能以還是單身漢的身分正式追求她。」

這番言論讓固執小姐拍手叫好，興奮地叫了幾瓶酒上來，喝著喝著就倒在眼鏡男懷裡痛哭。對當初搧他耳光道歉，然後把對系草的埋怨又聲情並茂地講了一遍。

從此之後，兩人關係更近一步。固執小姐發現眼鏡男非常孝順，有才氣，且是個正能量滿滿的人，對生活，對未來的人生觀、價值觀竟然與她如此相似。那一刻，她有些動心，但在心底又默默告訴自己和他是不可能的。

不知道為什麼。

二〇一〇年，眼鏡男被公司調去了美國，後來聽說找了個老外，於是固執小姐也慢慢跟他淡了聯繫。對於愛情，她表面心如止水，可是心裡卻波濤暗

Happiness!

湧。她感覺自己還困在被系草傷害後一定要等到最好的人才戀愛的怪圈裡，但又不知如何脫身。她也想念眼鏡男，只是這份想念，還來不及成為寄託，就被海洋和陸地阻隔，倏爾消失了。

時間一晃三年過去，Coco帶著新專輯回歸，固執小姐早已經把對她的喜歡變成習慣，原打算不去簽售會湊熱鬧了，但那天竟然鬼使神差地特別想去，於是早早就到了簽售會現場擠在人堆裡。簽售開始，隊伍慢慢行進，Coco看見她的時候，異常興奮地說：「WOW，寶貝，我們長得好像哦！」這句話讓固執小姐亂了方寸，興奮過了頭把專輯忘在台上轉身便走，被後面的一個男生叫了好幾聲，才反應過來。

男生把專輯遞給她，固執小姐掀起帽簷，看見了沒有戴眼鏡的眼鏡男。兩人相視一笑，重新認識。

等待愛情永遠是徒勞的，你要主動去尋找。

這是眼鏡男的人生信條。所以在他高一第一次看見固執小姐時就決定主動找她，哪怕他那個時候，並不喜歡Coco。

我們都期待喜歡的人給予回應，與其把時間消磨在一個聽不見你聲音的人身上，不如把那些蜜語甜言說給懂的人聽。

人生這條路，無論你走到哪裡，身後有人追趕你，遠方有人回頭找你，已是最大的福分。

CHAPTER 3

他不是你喜歡的那種人，卻是你喜歡的那個人

你為未來對象設下許多標準，
但最後與你牽手的往往是標準之外的那個。
遇見他時，那些長相、體重、有沒有身騎白馬、
是不是才高八斗都不重要了。
因為，他不是你喜歡的那種人，
卻是你喜歡的那個人。

這個世界上的寂寞單身男女，大多分為兩種，一種是自己長得醜，還嫌別人長得醜；一種是眾裡尋他千百度，那人必須得跟自己的標準相符。總之，愛情這場大浪淘沙，讓該戀愛的都愛上了，愛不上的就越來越做作。

白開水小姐和可樂先生是在七夕認識的，他們在某交友網站「讓我們做一日情侶吧！」的活動頁面互相看順了眼，約在世貿天階的巨大LED顯示螢幕下面碰面，充當一日情侶。

這兩個黃金單身貴族都是奇葩。白開水小姐是個「老清新」，二十六歲高齡還喜歡文青那一套，穿的衣服是淘寶幾十塊一件的素色森女款，愛看封面花裡胡哨、書名十個字以上的愛情小說。微博的關注列表裡都是那些二十歲出頭、長劉海、臉蛋比女孩還俊俏的花美男。待她長髮及腰，那些少年能來娶了她，那真真是極好的。可樂先生是一個裝×大戶，發微博朋友圈的照片必須帶上奢侈品包包的邊邊角角，而那些包，要麼是朋友的，要麼是淘寶買來的A貨。逢人必說自己的人際關係網有多龐大，某某明星是他哥們兒。可樂先生把自己吹噓得彷彿腰纏萬貫，實則包包比臉乾淨，跟女人吃飯都要對方埋單。

一日情侶的活動頁面上，可樂先生傳了一張自己穿白襯衣側臉對著鹿角的文藝照，白開水小姐的則是一張穿著嫩色襯衫靠在朋友的MCM（歐洲著名奢侈時裝品牌）包上的自拍。於是雙方碰巧正中對方下懷，可一見面立刻見光死。白開水小姐無法想像照片裡那個清新少年會穿著一身豹紋外加一雙捆著巨大泰迪熊腦袋的鞋，當然可樂先生

也無法忍受對面這個滿身碎花的素顏路人。

兩人彆扭地互看對方一分鐘，彼此都在琢磨如何開口說「再見好走不送」。等到第十七對情侶從他們身邊經過後，可樂先生突然開口了，他說：「來都來了，別輸給他們。」

兩人彼此不順眼到什麼程度呢，那天他們全程沒說什麼話，上午坐在巴黎貝甜玩手機，下午坐在星巴克繼續玩手機。終於熬不住準備走的時候，碰見一對情侶，男的是可樂先生的鄰居，女的是白開水小姐的同事。只見那女的抓住白開水小姐的手一個勁兒嚷嚷「戀愛了都不跟我們說」，男的則用一根手指不斷地戳可樂先生的肩膀，恭喜他終於脫單。最後兩人一拍即合：「那不如我們一起去××吃晚飯吧！」

於是他們被這對情侶帶到建國門外的一家日本料理店。白開水小姐看到菜單就嚇得想回家了，被可樂先生一把按住，瞥了一眼旁邊的情侶，然後故作聲勢地說：「想吃什麼點就是了。」等到結帳時服務員說兩人消費人民幣一千八百元，他們就傻了，眼睜睜看著旁邊情侶那桌，男方大方刷卡付了錢。可樂先生埋頭低聲說：

「錢你付了，咱們好聚好散。」白開水小姐瘋了：「神經病啊，我哪有那麼多錢！」可樂先生壓低聲：「你有多少？咱們ＡＡ。」白開水小姐拍了拍自己的小挎包，說：「兩百，而且沒帶卡。」

「靠！兩百塊就想約會啊你！」當然，這句話可樂先生沒說出口，因為情侶朋友正殷切地望著他們。於是他鎮定自若地拿出信用卡，招呼服務生刷卡，盡情地刷！晚飯後，可樂先生還沒從消費簡訊的夢魘中醒來，朋友又提議去三里屯喝酒，兩人連忙拒絕，說要回去做愛做的事。被情侶朋友連誇你們真恩愛之後，一日情侶至此結束。

王家衛的電影說：「其實愛情是有時間性的，認識得太早或者太晚，結果都不行。如果我在另一個時間或空間先認識她，這個故事的結局就可能不一樣。」

白開水小姐在大四談過一場無疾而終的網戀，對方說自己是個飛行員，愛寫部落格，筆名叫「空中列車司機」，文筆酸到不行，背景音樂就一直在雷光夏、陳綺貞等人的歌單裡輪換。白開水小姐很愛他，可最後，人家飛來飛去就失蹤了，至今杳無音信。可樂先生的愛情史，可謂灌滿碳酸超級刺激。他是個典型的吃軟飯主義者，但北京的名媛都看不上他，於是靠自己的少年外表，專攻土豪坯子，要麼是女博士，要麼是女工程師，三年談了十幾個妹子。他就像家客棧，專門收留進京趕考的書生，和每個人私訂終身，心想這麼多總有一個會高中狀元。但時間不等人，至今在愛情領域沒有半點收穫。

一日情侶這事沒過多久，白開水小姐和可樂先生就成了室友。

事情是這樣的，七夕之後的某天，白開水小姐在上班路上突然被圍堵，地鐵站裡幾個年輕人追著喊她「碎花姑娘」求合影，到了公司也惹來眾人側目。等她打開微博之後，徹底驚呆了，一夜之間自己漲了幾萬粉絲，@和評論全是五位數。她看見轉發大多加了「#最萌情侶走紅#」的話題標籤，於是隨手點開，然後就受到了驚嚇，因為她看見那張被瘋狂轉發的照片上，穿著一身碎花的自己正深情地望著比她高兩個頭的豹紋可樂先生。

Heineken Bier

他們被偷拍了，重點是這麼看來，真的很萌。

惡夢沒有結束，走紅後是隨之而來的媒體採訪和電視節目邀請，連某某製片都發來私訊，要為他們量身打造一部電影。白開水小姐昏了頭，理智告訴她應該發條微博澄清，但當她看見微博關注的幾個橙V明星都跟她互粉之後，她選擇性失明，默認了一切。

隨之而來的，是所有人都在看她的可樂先生什麼時候出現。下班後，白開水小姐就成了箭靶，被無數目光掃射，最後被逼退到麵包店裡，看見了共患難的可樂先生。可樂先生房子到期，交不出房租，於是白開水小姐硬著頭皮訂下協議，以打折價讓他搬到自己家來，一來互相利用，二來互相利用。

兩個人住在一起後，插曲唱得更加歡喜灑脫。別看可樂先生沒錢，但他窮講究，上了廁所必須洗澡，見不得家裡一絲一毫的凌亂，還把白開水小姐滿屋的少女擺飾挪到一邊，把自己的簡易沙發床和茶几放到另一邊，聲稱交了房租自己就有客廳一半的歸屬權。晚上白開水小姐在房間看書的時候，隔壁就放起歐美R&B（節奏布魯斯）；點開香薰燈準備睡覺時，廚房卻飄來可樂先生做消夜的油煙味。

兩人開著爭吵模式相處，但總因為要隨時在微博更新合影，出門要演情侶而不得不重歸於好。於是他們的一日情侶變成了一個月、兩個月，甚至更長。

這對最萌情侶越來越紅，賺得也越來越多。後來真的有那麼幾個土豪女對可樂先生投懷送抱，當然他絕不可能錯過，時常把白開水小姐丟一邊自己消失了。有那麼幾次，白開水小姐回家看著靜悄悄的屋子竟然有些想念他，但馬上又自行了斷這個瘋狂的念頭。

有一次可樂先生喝醉了，給白開水小姐打電話讓她去接他。她第一次擠在三里屯最熱鬧的酒吧裡，被光線刺疼了眼睛，儘管忍受不了空氣中的酒腥味，但還是把癱倒的可樂先生從一個大胸美女身邊拽了出來。

週六的街道擠滿了計程車，卻沒有一輛能載他們回去，白開水小姐就這麼吃力地扛著他，蹣跚地向前走。可樂先生滿嘴胡話，他說：「剛剛打你電話，一個女人接的，她連說了好幾個打錯了，那個時候，我突然害怕你有一天也會這麼跟我說：『打錯了，再見。』我知道你一定會出現，帶我回家，是吧？」

是的。

於是在這晚之後，就像很多故事的結局一樣，他們在一起了。

沒有電光石火，沒有山高水長，只是自然而然地發生了。就像某個人停在自動販售機前，按下了一瓶可樂和礦泉水，咕咚咕咚喝下它們，最後糖分和白水融歸一處。

你為未來對象設下許多標準，但最後與你牽手的往往是標準之外的那個。遇見他時，那些長相、體重、有沒有身騎白馬、是不是才高八斗都不重要了。因為，他不是你喜歡的那種人，卻是你喜歡的那個人。

某天，白開水小姐窩在床上，用可樂先生的電腦看劇，一時興起想去看看以前常逛的部落格網站。打開後自動顯示之前登錄人的首頁，她看見頭像下的暱稱「空中列車

司機」，最後一篇更新是在六天前。

她扣上筆記型電腦，深吸了一口氣。

王家衛還說：「世間所有的相遇，都是久別重逢。」

插畫

溫暖

天冷了，願你和溫暖相擁。

旅行的时候，
一杯咖啡、一本书，
让别人的故事温暖你……
即使再孤单，
也要相信你会遇见
温暖的陪伴……
在一起
当烟火的温度退去，
让我们的拥抱一直陪你……
别辜负那个总是
为你留灯的人……

最温暖就是
那些一起吃着
火锅唱着歌
的老朋友……
还有什么，
比做爱做的事
更温暖……
天气渐冷，
运动让你的世界
升温……
天冷了，记得保暖，
只有身体暖了，心才会暖……

难过的时候，
安慰没用，
而是在你身边，陪你哭，
走一个……

CHAPTER 4

愛這條路
終究是要走完的

愛是條長路，不論途中多少人並肩、
多少人離開，都始終要走向終點。
失戀給你的不是一場災難，
而是一個中途停下的時間，
讓你好好思考到底該如何走完它。
我們擁抱和推搡，我們親吻和冷眼，
我們同時擁有一個世界和失去一個世界。
他日相逢，用沉默還給沉默，
然後在繾綣不盡的愛裡，勇敢生活。

不知道你身邊會不會有這樣一個姑娘？她說話爽朗、辦事俐落，一條路從不拐彎，好像沒有什麼會把她打敗，姑且就叫她霸道小姐吧。

可霸道小姐，也會在愛情這條路上，悄悄地拐一個彎。她說：「很多事只有到了盡頭，才能看見轉角。」

霸道小姐的事蹟簡單的筆墨描寫不完，總結下來就是一個表面乖乖女實則背後藏了一段頂撞老師、蹺課打工、刺青的光榮成長史。父母在她很小時就離異了，她在大專畢業前，一直跟著母親，但母親生性好玩，對霸道小姐說過為數不多的話中，「我在打麻將，你自己弄吃的吧」占了很大的比例。

說也奇怪，霸道小姐在學生時代，都沒有談過戀愛，倒是在找了個正經工作後認識了她的第一個男友。她男友是個文藝青年，隨手就能編出讓小妹妹們視作人生座右銘的一百四十字微博。男友不愛說話，平日裡嬌滴滴的像個女孩子，正是他這樣的性格，所以才抵擋不住霸道小姐天生的優越感和粗魯的窮追猛打。

霸道小姐會在第一天認識男生的時候，就提出晚上讓他請她吃飯當作新同事聯誼的要求；會每天為男生遞上一杯鮮榨胡蘿蔔汁，並命令其必須喝完；會在男生的微博裡跟所有仰慕他的女粉絲對戰……久而久之，男生除了換工作這最後一步棋之外，只能對她言聽計從。

兩個人不知道在哪個時刻突然就手牽手出現在我跟前了。我到現在還可以回味那次奇妙的下午茶，男友悶在一旁一聲不吭，霸道小姐梳著精緻的梨花頭，一邊吃幾層高的甜品，一邊「我老公怎樣怎樣」地給我秀恩愛。我知道她是真的愛他，從大方這一點就能看出，她每個月那點兒微薄的薪水，以往都是花在自己身上，而現在，她經常在淘寶上給他買鞋買襯衣，連去一趟他租的小屋，她都非常慷慨地買了一大袋的水果和飲料。要知道，以往她都只是壓榨我。

他們的辦公桌中間只隔了一塊擋板，所以只要側下身就能看見對方，輕輕說句話對方也能聽見，但他們還是樂此不疲地保持每日刷新幾十頁的QQ聊天紀錄。從今天同事的穿著到中午晚上吃什麼，霸道小姐對他事無巨細，連他今天左肩上留了一夜喧囂過後的吻痕都瞭若指掌。

我很佩服他們之間有那麼多話要說，她總煞有介事地強調，一生中兩個人說話的字數是有限制的，一定要在他們分

開之前把它們用完。

我一度以為，他們這樣的一文一武、一動一靜的搭配應該會成就一段曠日持久的佳話。但後來，男生出軌了，他在微博上遇見一個跟他同樣腔調的女生，長頭髮，眼睛看人的時候透著光。兩人經常相約去南鑼鼓巷的小劇場看話劇，微博上互相＠的話題外人都看不懂。直到連微博上的粉絲都以為他們在一起的時候，霸道小姐才徹底生了氣，把男友關在門外，不准他進來。

男生安靜良久，霸道小姐靠在門上聽外面的動靜，在她準備扭開把手時，男生大喊了一句：「我跟她在一起了！」

直到這段戀情結束，霸道小姐都沒在我面前哭過。她總是這樣，分子巨大的傷害都滲不進她的肉身，太陽存在多久她就陽光多久，好似永遠快樂一般，連最起碼跟戀人分手後的反應都沒有。我想，霸道小姐對他的愛可能還不夠重。

有一次我們喝醉了從ＫＴＶ出來，街上清冷得看

不見一輛計程車，我陪她蹲在路邊，她好像喝多了很難受地捂著肚子。看見地上的水漬，我以為她哭了，結果她支支吾吾地兇我一句：「這是老娘的口水。」

說完就吐了。

她倚著我，說：「以前每個清晨醒來，他都會告訴我一大堆夢裡和我在一起的事情。我那時很洩氣，因為一直夢不到他。後來他離開我了我才知道，原來一個人會夢到另一個人，是因為心底覺得離那個人好遠好遠。那個時候，他躺在我身邊，就是這樣覺得的吧。而現在，我終於開始每天都夢見他了。」

她愛他。

霸道小姐這種人，是生活中的女王，她不允許一點負能量，她的積極和倔強很快可以讓人誠服，並心甘情願地對她好，以至於對方自己都不確定，究竟是喜歡她，還是喜歡跟她在一起時陽光滿滿的自己。

那晚我送她到家，清楚地看到，她急於想要關上門的慌張樣子，因為眼眶已經裝不下淚了。就算我到了樓下，似乎也能聽到從十幾層高的地方傳來的若有似無的哭泣聲。

在這之後的許多天，我都沒見到霸道小姐，去她公司問也是誰都不知道，說曠職好幾天了。正當我快要報警的時候，她風塵僕僕地從泰國回來了，把芒果乾、椰子片一袋一袋丟到我床上的時候，我甚至懷疑這個被曬黑了的傻女人是不是我認識的霸道小姐。

她說這是為愛療傷之旅，並且在四面佛前許的第一個願望已經實現了：曼谷飛回來的班機上，被鄰座的混血帥哥要走了電話號碼。

我狐疑地問她：「你真的一點兒都不傷心，這件事一點兒都沒影響到你嗎？」她說：「要走的人始終都會走，傷心不傷心是自己選的，一個自己愛的人拋下你，你已經夠可憐了，那自己再哭成淚人兒茶飯不思怨天尤人不是把自己往死裡拽嗎？現實那麼殘酷，拿什麼裝無辜？我從小就是在失去和得到中長大的，每一次失去我都沒有抱怨過，而每一次得到我相信裡面有我失去的一部分，因為質量始終是守恆的。」

前段時間我們喝下午茶，看著面前幾層高的甜品又想起了這事，我調侃她：「他當時說跟別人在一起的時候，難道你就沒有問問為什麼嗎？」

她說：「他跟我在一起的時候，應該也不知道原因吧，那他不愛我了，也可以沒有原因的。我不想聽到他的理由，那不過是說服他自己的藉口罷了。」

愛是條長路，不論途中多少人並肩多少人離開，都始終要走向終點。失戀給你的不是一場災難，而是一個中途停下的時間，讓你好好思考到底該如何走完它。

我們擁抱和推搡，我們親吻和冷眼，我們同時擁有一個世界和失去一個世界。他日相逢，用沉默還給沉默，然後在繾綣不盡的愛裡，勇敢生活。

一路幸福，霸道小姐，總有一個人，願意陪你走到世界盡頭。

CHAPTER 5

敏感的人不容易幸福

一個敏感的人，
大多數時間都不幸福，因為太過在乎。
在乎在對方眼裡的自己夠不夠好；
在乎今天下哪一種雨，飄哪一朵雲；
在乎牽手的時候太冷清，擁抱的時候不夠靠近；
在乎會不會不定期失去他。

在一段愛情裡，你喜歡有他在的空氣，沒他在的想念，你擁有和他珍貴的回憶以及別人看不懂的默契，你精心把每一段刻有你們印跡的時光都放好，然後給了他一張滿分一百分的考卷，考試的內容關於你，你在等著他一百分的回答。

你認為，這就是你愛他，他愛你。

就跟多疑小姐一樣，她說：「我最需要的，是一個人需要我。」

多疑小姐小時候的夢想是當明星，後來有人說她長得像校門口賣麻辣燙的阿姨，從此她就打消了這個念頭。但就算靠臉進不了那個圈子，她也要半隻腳蹭著邊，於是一路披荊斬棘成了某網站的娛樂編輯。

朝九晚五和不定期高密度加班是她生活的主軸，在她工作第一週堅持每天七點起床化妝，晚上加班到十點頭髮散亂眼線花掉之後，她就開啟了自暴自棄模式，以至於有好幾次我去他們公司樓下約她喝咖啡，都恍惚看見了當年學校門口賣麻辣燙的阿姨。

好了，不損她了，她也有值得我按讚的地方。

她有嚴重潔癖，每次在我家吃完飯她都邊看電視邊手賤地擦一晚上茶几；對工作認真負責，每次遇到有明星離婚、公開戀情等突發事件，她的座位永遠能最快聽見鍵盤聲，並且不管是不是凌晨三點；大大咧咧的性格怎麼損她都不會生氣，不然我手機上也不可能保留那麼多如果她參加扮醜大賽絕對是冠軍的照片。

當然，最令我驚嘆的，是她趕在我們所有朋友的步調之前，找到了一個男朋友。

他們在一個明星的私人生日會上認識，對方是某宣傳公司的策劃總監。大概是借

著酒勁看對方都特別順眼，於是兩人互換微信敲好第二天的約會，這樁喜事就成了。

墜入愛河的多疑小姐特別可怕。

她對自己的皮膚沒有自信，於是常常二十四小時帶妝；對方說不喜歡胖姑娘，於是天天在家裡拿著倆小啞鈴跟著電視上的鄭多燕跳減肥操；男朋友不在身邊的時候，手機就成了情人，可別人忙工作不會隨時隨地都聊著微信，她就把之前的聊天紀錄翻來覆去地看；打開她的瀏覽器，常去的網站一欄全是他的微博、豆瓣、人人。她說：「每天都翻翻他之前的微博，就感覺走進了他沒有告訴我的那一部分生活，有時候添置了什麼，有時候又丟棄了什麼，總之我心裡面滿足。」

可惜好景不長，他們在一起才一個月，她就上我這兒來訴苦了。男朋友因為工作需要經常跟一些美女在一起，她把那些照片一張一張點開給我看，卻不知道自己為何生氣又一次一次放下手機。起初我也只是好心勸慰她，可能在這段愛情裡，多疑小姐要愛對方多一點兒，所以才會自覺有些卑微，或許需要兩人更長久的相處，來增添一些彼此信任的磚瓦。

但破了洞的氣球，很快也就乾癟了。

多疑小姐變成了一個不開心的女孩。我經常醒來的時候看見她凌晨四、五點發朋友圈，顏色晦暗的配圖，一段失落的文字；她說他一出差她就睡不好，沒收到對方的晚安簡訊就感覺自己身體的每個細胞都在抗議，輾轉就是一夜；每當他提到他的前女友，她就會覺得對方還忘不了過去，於是就變得焦慮；她只要看見他的微博上有一些女生給

他留一些「你好帥」之類的花癡評論，她就恨不得回覆十句「關你屁事」；他每每多關注一個女生，她就會把那個女生的微博全部翻一遍，似乎想去找一個自己不願相信的答案，但始終都找不到。

在第三次把網站上的新聞連結弄錯之後，主編給了她三天的假期讓她好好反省和休息。她躺在床上，男生發來的微信她也不回，等到電話打來的時候，她腦袋一熱問了他一句「你到底喜不喜歡我」，對方當然錯愕。在這之後，她說自己病了，很嚴重，希望馬上看到他。最後，男生來了，但是看見精神抖擻的多疑小姐，表情很冷。

他們是多久分手的我不知道，有一次在KTV，從不搶麥的多疑小姐竟然一個人坐在點歌器前一口氣連唱十幾首歌，我跟幾個朋友看著她那聲嘶力竭的樣子也不忍打擾，直到唱到楊丞琳的〈想幸福的人〉時，我就分不清她是在唱歌還是在哭了。

第二天，她更新了一條微博：如果在你面前，我可以肆意地笑，也可以號啕地哭就好了；如果你說我們一起住吧，我想見你的時候就見得到就好了；我真羨慕那些可以蠻橫爭吵又等著別人來哄的人，羨慕那些在愛情裡高傲得像個女王的人，想走進你全部的生活，如果那不離我這麼遠就好了；每次擁抱的時候都不會感覺兩個人相愛的時間正在默默倒數就好了。

後來，通過朋友旁敲側擊詢問過，那個男生其實是個很好的人，很清楚自己要什

麼，做事果敢，夢想很大。他曾在杯盞之間敲中了多疑小姐的那個酒杯，以為可以毫不費力地將戀愛做為生活中錦上添花的一抹顏色，但他的天空不夠寬，只能先走。

你時常因為對方沒有及時回訊息、接電話，沒有記住你的喜好，沒有跟你解釋清楚那些莫名其妙的人而生氣，其實不過都是自己想要找個理由證明他愛你罷了。你很需要他，你為他作了很多改變，你把自己的心騰了一大塊空位給他，你花在愛裡的氣力可能不比別人少，只是你的要求太多，最後，就親手為你一直苦苦追求的回應畫上一個不甘心的句號。

你源源不斷地猜疑你們的感情，在一次又一次證明裡讓對方失去了信心。其實每一只風箏都不會喜歡扯著線頭給他羈絆的人。

一個敏感的人，大多數時間都不幸福，因為太過在乎。在乎在對方眼裡的自己夠不夠好；在乎今天下哪一種雨，飄哪一朵雲；在乎牽手的時候太冷清，擁抱的時候不夠靠近；在乎會不會不定期失去他。

愛情裡沒有那麼多充分必要條件，你需要一個人並不代表他也這麼需要你，你拚了命地想念他也換不來他不間斷的簡訊和電話。把愛的人當成你的所有，把你當成他的一部分，比較沒有那麼容易失望。

一段理智的愛情，是兩個人的時候有彼此，一個人的時候有自己。同是年輕人的我們，不可能有飽和的時間讓愛來消遣，兩個人膩在一起終究沒辦法給未來生活埋單。當他不在你身邊的時候，你可以更努力地工作，多看書，聽歌種花，你悉心照料屬於自己的這片森林，好在下一次相遇的時候，會發現彼此都變得越來越好，直到兩個人在別人眼裡看來都是發著光的。那這段愛情，就是最好的愛情。

前幾天，多疑小姐給我發了張截圖，是之前失戀後她發的那條微博，男生在下面留了句評論，他說：「你當初問我到底喜不喜歡你，我沒回答的原因，是因為所有問問題的人，他們心裡其實都有了自己的答案。」

既然決定雨天出門，何必去思考需不需要帶傘。既然決定要走哪條路，何必去打聽要走多久。

電影裡的轟轟烈烈的愛情都會以漆黑的片尾做終結，現實生活中，唯有那種沉默、淡然的陪伴與扶持最是刻骨銘心，以至於不論結果好壞，都能使你成熟地邁向下一段人生。

插畫

愛戰

願每一個相信愛的女生，
都能成為愛裡打不倒的戰士。

不要总当爱情里的弱者，
必要的时候拿起自己的"武器"……
好欺负小姐
不要让别人同情你，
别人也就不会知道如何伤害你……
脆弱小姐
永远都不要松懈自己，
外在美是内在美的前提……
偷懒小姐
没有人比你更美好，
因为这个世界上不会再有第二个你了……
不自信小姐

虽说美食与爱不可辜负，
但前提是你不会胖……
吃货小姐
试着让别人为你
治疗，
不是所有伤口都能
自我愈合……
伤心小姐
爱情没有一劳永逸，
要想不被抛弃，
必须自己争气……
学霸小姐
要懂得把旧的人从
心底挪出，
才能让新的人住进来
……
迷恋过去小姐

CHAPTER 6

傷害其實都是互相的

痛過總歸是好的，
至少今後不會再病了。
傷害其實都是互相的，
不要以為誰可以自得其所，
當初你讓誰受了傷結了疤，
在平行時空裡
你應該也受到過大大小小的懲罰。

我的人生觀、價值觀裡一直認為，流言蜚語和困頓都不至於傷害我們，能真正傷害我們的，只有自己。

我有一個朋友，一路都在做往自己身上捅刀子的事，姑且叫他受傷先生吧。他說：「我有種能死在愛情裡的魄力，即使知道明天你會離開，昨天的我，也還是會選擇毫不猶豫地遇見你。」

他的兩段感情，都以被對方甩掉而告終。

二〇一〇年的夏末秋初，受傷先生在朋友的飯局上認識初戀，對方是廣州人，長著一雙特別做作的丹鳳眼，抱著一盒甜甜圈坐在最裡面的位置。那晚他們沒說上幾句話，僅僅靠上廁所借過的空檔眼神交流了幾次。

不知道是朋友有意撮合還是無心插柳，接下來的幾天，看電影、玩桌遊、唱歌，幾乎每個局那個女生都會出現，而且每次都會拎著一盒甜甜圈。他們相遇的第四天，受傷先生借著酒勁兒主動調侃她：「為什麼每次都帶著甜甜圈？」對方說：「喜歡啊。」「那你喜歡什麼樣的人啊？」受傷先生知道自己醉了。「感覺對了就好。」對方答。「那什麼才是感覺對了呢？」女生愣了一下，然後拍了拍甜甜圈的包裝盒，只是笑著，沉默不語。

那次之後，受傷先生好像嘗到了初戀的甜頭，於是更加肆無忌憚地找朋友要了她的號碼，開始一段刺激又甜蜜的「攻擊」。他會大晚上溜到女生的住處只為送一杯優酪乳；吃麻辣鍋會考慮到女生的口味，貼心地微辣、中辣、超辣每種都來一份；到了酒吧更是在女生面前變成擋酒鐵金剛，一邊吐一邊吵著賣玫瑰的妹妹來一枝花送給她。

他簡單粗暴地對一個人好，認為對方就會簡單粗暴地愛著他。

說也慚愧，最後他們還真簡單粗暴地在一起了。簡單是因為女生回了廣州工作，他們硬生生變成異地戀，每天維持著基本的電話和簡訊；粗暴是因為女生總是以「每次當我半夜醒來，發現自己是一個人就會覺得特別難過」為理由使兩人一次次陷入戰爭。

受傷先生習慣哄著她，用微笑化解對方的抱怨，背後卻在一步步實現自己的小計畫。說起來，受傷先生也算半個富二代，父母是本地某豆漿機品牌的西南代理，自然從小到大就沒吃過什麼苦頭，畢業後這一年，工作也很穩定，所以當他提出要辭職去廣州發展時，媽媽還一度接受不了跟他嘔氣。

當然誰也阻擋不了他降落廣州白雲機場的決心。他沒跟女生說，偷拎著笨重的行李箱去她租的房子給她驚喜。按下門鈴後，裡面傳來打鬧的男女聲，

他愣住了，安慰自己，生活沒那麼多狗血的劇情，於是捏緊行李箱的手柄又按了門鈴。直到聽見喊著「老公快去開門呀」的熟悉女聲時，他才倉皇抱著行李箱逃到樓上。門開了，是個很帥的男孩子，只見他四處看了看，然後把門合上了。

受傷先生坐在樓梯上，抹好髮膠的頭髮被抓得凌亂。他恍然大悟，當初她拍著甜甜圈包裝盒的意義，原來是不斷尋找最好的人陪在她身邊的謎底。

回家之後他不顧爸媽的詢問，把自己鎖在屋裡，手機螢幕亮著，畫面停在女孩的通訊錄上，卻沒忍心撥出去。後來，就一直沒撥出去。

第一段感情結束後，受傷先生並沒有因此而消沉，而是很快全身心投入到工作中，不過半年多的時間，就從小組長升職為主管。英語專業的他還跟幾個朋友合夥開了個小型培訓班，給初中孩子當家教，《中國合夥人》（台灣片名《海闊天空》）上映的時候，我開玩笑說他這勢頭是要超越新東方的節奏啊。

事業生活一切順利，他對愛情又有點想法了。

認識第二個女友的時候，他剛在市中心買了自己的房子，自己拿了三十萬，父母給了剩下的一大半。那個女生是微博上的紅人，面容清麗，不食人間煙火的樣子。別的女生都還在微博上「哈哈哈」和「老娘」，她卻穿著一身白色流蘇裙寫著毛筆字；別的女生都努力放自己各種瘦臉美膚的自拍，她卻不停地拍山水馬駒。受傷先生以一個純粉絲的心態在下面回了句評論，結果那女神回覆了，因為受傷先生的評論是用英文寫的，女神說她對英語好的男生沒有抵抗力。

受傷先生和她的第一次碰面，是在市中心一家高檔的日式料理店裡。落入凡間的女神失掉了那種超凡脫俗，只是一個普通的漂亮姑娘，舉手投足間看得出有些恃寵而驕。席間聊到她最想去的地方是紐約，這跟她在微博裡分享的旅行地全然不同。女生說，微博讓大家看到的，只是她想讓別人看到的自己而已，其實真正的自己是一團火。

那團火後來越燒越大。

女生沒有固定工作，靠接一些微博廣告賺錢，跟受傷先生確定了戀愛關係後，便直接搬到了他新買的房子裡，每天養尊處優得像個公主。她脾氣很怪，每天要把衣櫃裡的衣服都擺在床上，試不出一身好看的她就會生一天的氣，所以受傷先生就只能不停地給她買新衣服。晚上吃飯要麼在家點外賣，只要出門了絕對不去人多的餐廳，因為她說自己有偶像包袱。受傷先生去上海出差想帶著她，她也會以「遠離裝×城市」為藉口拒絕，但她卻又矛盾地嚮往紐約。

兩人磕磕絆絆在一起快一年，有一天，女生突然提出她想去美國進修，朋友聯繫好了學校，只要托福通過就行。她不願受傷先生教她，非要去最貴的英語機構上小班課。受傷先生硬著頭皮花了錢，結果幾個月後第一次考試，女生收到成績單就放棄了，她說還是先去美國學一年語言吧。走到這一步，兩人徹底因為錢鬧翻了。女生拿不出積蓄，只能找受傷先生要，他向她解釋，自己的錢全部拿來買了房子，但女生不顧，天生自傲的脾氣讓她丟出一句「你爸媽不是有錢嗎，找他們要啊」，也是這句話，讓這段荒誕的愛情開始邁向終結。

受傷先生搬出去睡了一個月的旅館，等到再回自己家時，發現家裡像剛被洗劫過一樣，臥室裡高檔的化妝品和衣服全被清空了，連新買的電視也被搬走了。看著眼前一片狼藉，受傷先生給了自己一耳光，然後邊笑邊哭了出來。

直到現在他偶爾還是會去看那個女生的微博，她全然沒提出國的事，仍然遊蕩在山林綠水間，像個弱勢又懵懂的神明。只是他一眼便能看穿，這些粉飾背後的真相。

有時候不要對自己太有信心，有些人早就看盡了你的心思，只是不忍拆穿罷了。

畢業後這一年多，我在北京一切都好，受傷先生偶爾也會北上跟我敘敘舊，聊聊近況，兩段感情後他似乎成熟了很多，但奇怪的是，他非常願意把他的情史分享給別人，神色安穩的樣子好像這些事跟他無關。他說：「以前這些傷都藏著，生怕別人看見，但後來想想，有人分享也好，提醒自己不能忘，在那幾年，做過的傻事。」痛過總歸是好的，

至少今後不會再病了。

後來聽他說，第一個廣州的女友，跟那個有錢的帥哥結了婚，但男方出軌無數次，其間還找過他試圖復合。至於那個微博上的女神，我從朋友那裡得知，她簽了個影視公司，卻得罪了女老闆被無限期雪藏。你看啊，傷害其實都是互相的，不要以為誰可以自得其所，當初你讓誰受了傷結了疤，在平行時空裡你應該也受到過大大小小的懲罰。

受傷先生說：「過去沒那麼差。」

我想了想，那些傷害他的人也是這樣覺得吧。

CHAPTER 7

愛情裡的蝴蝶效應

都說男女的戀愛週期是不同的，
女人可以通過時間的積累讓感情越發深厚，
而男人的感情則會隨著時間慢慢減少。
但其實所有男女的戀愛終點，
都會落在一個愛得少但是愛得久的親情上，
誰都想牽一隻手，愛一個人，走一條路。

你一定設想過無數個你與未來那位相遇的場景，你在眾多男神女神身上勾勒自己心中的理想伴侶，卻總是在每一個獨處的夜晚，每一次看見別人牽手擁抱的時候，感嘆未來的那個人怎麼還是杳無音信。

如何在對的時刻，讓我遇見你。

我有一個化妝師朋友，平生奇葩經歷無數，每次約我喝下午茶我都能從他身上挖來一堆八卦和奇聞囧事，以至於每每跟他吃一頓飯，我的三觀就要被重置一次。前幾天他興沖沖把我拉到金鼎軒，我以為他會告訴我李亞鵬和王菲離婚的真相，結果他先吃三個流沙包下肚，然後鄭重其事地說他上週經歷了一場堪比《死神來了》（台灣片名《絕命終結站》）的車禍。

他問我：「你想聽順敘版還是倒敘版？」我選順敘版，他說：「好，那我就講倒敘版吧。」

你妹的。

上週他跟一朋友從北邊收工回家，在高速路上煞車突然有些失靈，朋友剛買的車也沒開多久，多多少少還有點兒手生，猛踩了幾次煞車見它不聽使喚，於是腦袋瞬間斷電，硬生生踩了一腳油門下去。也就在這個時候，前面停著一輛路虎（台譯：荒原路華），一男一女在後備廂找東西，好在男生反應快，等化妝師他們的車撞上來的時候，他把女生推到路邊，自己則跳上了後備廂。

萬幸的是最後只是車受了傷，但幾個人都被嚇得不輕，化妝師和他朋友低聲下氣

連忙認錯。那一對男女倒是非常和善，大概瞭解了情況之後居然還聊開了。出於禮貌，化妝師向他們要了微信號，方便日後有需要時聯絡。然後故事到這裡就應該結束了。

看似不了了之的結束，其實才是開始。

有一天路虎男給化妝師發微信，說要約見面親自答謝他。起初還摸不著頭腦的化妝師看見路虎男牽著上次車禍的那個女生落座，他才似乎明白了什麼。路虎男是個沒勇氣先生，女生是個裝矜持小姐，兩人其實是相交甚好的朋友，喜歡談不上，只是略有好感。因為那場車禍讓彼此看對了眼，原來沒勇氣先生在危難關頭其實勇氣滿滿，而裝矜持小姐也終於大方地報以關心。如同在常吃的綠茶冰淇淋裡突然吃到了一口巧克力，兩人在朋友的默契上建了一層牢靠的戀愛關係。

被一口一個「紅娘」叫著，化妝師又想罵人又羞澀傲嬌。但這還不是故事的高潮。

車禍那天，沒勇氣先生和裝矜持小姐同幾個友人在郊外露營，結束後微醺的朋友們為了撮合沒勇氣

先生和裝矜持小姐，乖乖地擠上一輛計程車，讓他倆獨處。坐在副駕上的裝矜持小姐一上車就睡著了，沒勇氣先生借著餘光看著她，心裡比蜜餞還甜，又踏實又滿足。

兩個人其實都在期待愛情。

沒勇氣先生是一家電視台的主持人，兩年前跟一個十八線小藝人談了場三個月的戀愛，當他還沉溺在臆想的愛情世界裡時，對方已經同時跟四、五個帥哥說「我愛你」了，這種背叛不是給他戴了綠帽子，而是向全世界講了個笑話。於是他這兩年從一個悲情小哥瞬間成長為正能量大使，把大愛灑向人間，自己也就再無人可戀，非常可憐。

裝矜持小姐在出版社做編輯，在她人生最矯情的大學時代喜歡上一個空少，因飛不上他那片天空最後無疾而終，而後越發地為賦新詞強說愁，強迫到寫部落格必須配上一首苦到不行的情歌當background（背景）。她說喜歡不上別人，是因為心裡還裝著一個不可能的人，就算喜歡了，也只是找了一個很像他的人而已。現代人總是把一段明明可以掐著邊角丟掉的感情視作此生的轟轟烈烈，反正就是找死的節奏。

沒勇氣先生害怕再被傷，治癒了所有人卻沒勇氣治癒自己。裝矜持小姐覺得自己本就是孤獨的，但其實比誰都需要擁抱。兩人相遇後，唯一產生的化學反應就是裝矜持小姐被沒勇氣先生治癒了，但兩人始終都沒有因為長久的陪伴而變成戀人。

都說男女的戀愛週期是不同的，女人可以通過時間的積累讓感情越發深厚，而男人的感情則會隨著時間慢慢減少。但其實所有男女的戀愛終點，都會落在一個愛得少但是愛得久的親情上，誰都想牽一隻手，愛一個人，走一條路。

沒勇氣先生開著車，思維已經不受控地開始掂量起自己的分寸情感。

手機響了，來電人是剛才分別的朋友，他們在回家的高速公路上出了車禍，計程車車胎爆了直接撞到路邊的護欄上，好在人都沒受傷，只是有倆哥們兒酒勁兒上來了一直嚷嚷著回家。掛上電話，沒勇氣先生在路口一個利索的掉頭，直接殺向高速公路。

找到路邊的計程車後，沒勇氣先生和裝矜持小姐一起去後備廂拿礦泉水，結果被身後撞向他們的車嚇破了膽。

那輛車上，就坐著化妝師和他的朋友。化妝師的故事講完了。

所以在那個晚上，因為幾位小夥伴的車禍，沒勇氣先生和裝矜持小姐才出現在了那條高速路上，也才會被我的化妝師朋友撞上，最後促成這段姻緣。

但其實好的愛情都是有準備的。

總是有很多人抱怨，為什麼還沒和愛情相遇。原因不外乎兩個：我們遇見喜歡的人以後，就像一個得了絕症的患者，頭重腳輕，對方的一字一句都誅心，可你就是走不進他的世界，花了很多氣力在不屬於你的人身上，反而對周遭向你靠近的人熟視無睹；有的人則是用「如果你不能接受最差的我，那你也不配擁有最好的我」的原則來給愛情下了個嚴苛的定義，執拗地保持現狀妄想一個最好的人降臨，但真愛也只能給你一個渺茫的機率。孔雀都知道要開屏呢，為什麼不先改掉錯的自己，再去奢求遇見對的人呢？

沒勇氣先生承受的背叛和裝矜持小姐自釀的孤單其實已經讓他們對愛情有了更深層次的理解，才讓兩人成為朋友之後能迅速地交心成為知己。你不能說他們的愛情是突如其來的，而是他們已經累積了足夠相愛的運氣。

化妝師朋友把自己當紅娘的經歷到處向人炫耀，均會以「這是一個堪比《死神來了》的真實故事……」做為開場。我真不想拆穿他，這明明是《蝴蝶效應》好嗎?!

任何事物發展均存在定數與變數，事物在發展過程中其發展軌跡有規律可循，同時也存在不可測的「變數」。我們都在尋找愛的過程中不斷重新認識自己，不管幸運時、失望時、高潮時、低谷時，總要先愛自己才能學會愛別人，總要相信愛情才會和愛情相遇。很多年前你放走的那隻蝴蝶，或許輕輕扇動翅膀，就激起了未來屬於你的那一整片海洋。

CHAPTER 8

相愛的兩人，
心情是一樣的

異地戀有一個很大的好處，
就是有足夠的時間做自己的事。
與其迷茫，不如為他奮鬥。
你不斷讓自己變得更好，
下一次見面的時候，他一定會更愛你，
而你們，一定能更成熟地去給這段戀情
做長久的規劃，
最終跨越距離走在一起。

異地戀永遠是一個讓人無限唏噓的戀愛方式。距離很多時候帶給兩人的不是恰到好處的私人空間，而是思念的折磨。所以很多人都說，不要輕易嘗試異地戀。

難受小姐說：「異地戀最難受的地方，應該是對方給你的擁抱只能是一個表情吧。」

難受小姐在北京做淘寶模特兒，男友是廣州的攝影師，兩人在微博上認識後一拍即合。合到什麼程度呢，比如難受小姐很喜歡講冷笑話，男方就真心配合每次必笑；兩人發的每條微博都一定要配圖；工作的時候一定要放跟造型配搭的音樂；每天必須擦一遍臥室地板，以及他們倆都是處女座。

那個時候，處女座還不是人類公敵，於是他們常以自己的龜毛性格為榮，愛得非常外露。難受小姐掌握了男友的作

息規律，到了時間就知道男友該起床了，然後屁顛屁顛地給他發微信打電話；吃飯的時候就你拍一張我拍一張展示今天吃什麼，儘管我非常不理解兩人隔三岔五都叫KFC（肯德基）外賣有什麼好分享的；男友喜歡看美劇，難受小姐就開著視訊看他；兩人能從早上睜開眼一直閒聊到晚上閉上眼，都是些雞毛蒜皮的小事。

三個月過去，這段異地戀情熱度不減反增。

男友喊難受小姐小盆友（小朋友），然後說自己是老傢伙，於是兩人第一次見面定在了六一兒童節，男方北上，在歡樂谷瘋了一天。他們吃了彩色的棉花糖，坐了摩天輪，買了氫氣球大搖大擺地在孩子堆兒裡擠。難受小姐一點兒也沒覺得自己二十四歲的高齡有哪兒不合適，非常樂在其中。

晚上他們睡在一張床上，難受小姐在又想滿足肉欲又想檢驗真愛的矛盾中哼唧了一晚，有好幾次她都想把櫃子裡閨密開玩笑送的避孕套甩男方身上。重點是男方非常識趣，保持側臥一覺到天亮。

後來，男方經朋友介紹開始拍時尚雜誌，工作慢慢就多了起來，兩人聯繫的時間就少了。有時雖然會鬥嘴，但總能樂呵呵地和好。在某次爭吵中，他們突然決定了一場說走就走的旅行。

目的地西塘，清明時節雨紛紛，兩人窩在客棧裡哪兒都沒去，在鎮上的第三個晚上，他們正式擁有了彼此。隔天，兩人好像都年輕了十歲，買了五月天演唱會的門票當了一回粉絲。那晚，他們牽著手，互相給對方貼「5」字的臉貼，跟著阿信一起唱，知足。

這半年多，難受小姐知道他什麼時候睡覺什麼時候醒來，知道他今天吃什麼，能揣度出他心情為什麼不好，他們做為異地戀模範情侶創造了太多回憶。只是有一天難受小姐突然發現，一起做過那些本是情侶間一起做的事的那個人，沒有繼續跟她在一起。

他們分手了。

在難受小姐潛意識裡，她跟男友上床之後才算是愛情真正的開始。這就激發了一個普通女人對於陪伴的需要，她開始不滿足於電話、微信聯繫，她會因為只能看著螢幕上的男友卻觸不到他而陷入傷心。但與之成反比的，是男方事業的急速上升，他的戀愛觀越來越趨向平和，他說：「我所渴望的感情，是平淡如水卻亙古長流的。」

愛情裡最怕兩人不在一個高度處理問題，你想如何回家，他卻考慮去哪裡消遣。

連推了幾天的工作，難受小姐每晚都泡在酒吧裡，她盡量保持清醒，因為想聽清楚鄰桌情侶的對話，試圖從別人身上找到自己還沒失去愛情的蛛絲馬

跡。但結果卻是徒勞，往往聽得多了自己也就更傷懷。

有一次她終於醉了，給我打電話哭得梨花帶雨，她自顧自地嚷：「兩個人在一起時間久了，就會慢慢習慣有彼此的生活，當初跟他在一起的時候，我就是最好的我吧，因為感覺為他做的每件事都很有意義。可是我們分開以後，我的習慣卻沒有因為我們的分開就消失不見，比如到了某個時間段，身體裡的生理時鐘會本能地告訴我該找他了，即便心裡明明很清楚已經不能找了。看到他不喜歡吃的食物，就能想到他皺眉的樣子，還會忍不住笑出來；看到他喜歡的美劇更新了還是會追著看；音樂清單裡都是他喜歡的音樂；分開以後，聊天紀錄一直捨不得刪，只要是關於他的就好想都保留得好好的。

「可是這又有什麼用呢，他已經離開我了。那些誓言最終失言，沒有了新鮮感，過不了磨合期，最終走向了滅亡。我好不甘心，還是放不下，覺得還是喜歡他。大片的恍惚，想哭，我變得好矯情，可是我就是沒辦法控制自己，我好想他。」

後來她還說了很多，但言語模糊都聽不太清了，我只知道她很難過。

所有人都說，不要輕易嘗試異地戀，但愛情來了，我們誰也不會眼睜睜看它溜走。戀愛中的人既是最聰明的也是最傻的。最聰明在於知道戀愛關係就是互相給予，最傻在於給的東西其實都不是對方想要的。

平淡如水的愛情是要有前提的，異地戀人見不到面，只能通過媒介來溝通和培養感情，絕對的信任也需要過程。一個人想念你、喜歡你，但她不能隨時來見你，所以只有把話攤開了說，把想法及時傳達給你才能彌補不能見面的尷尬。如果連這樣的相處都

減少，那就意味著不溝通、不交流，最後只會形成猜忌和疑慮。工作永遠都不是藉口，時間是自己支配的，總能留出一部分給戀人，否則對方憑什麼不去找一個身邊的人愛她疼她，而苦苦煎熬變成一個你不勞而獲妄求長久的伴侶呢?!

但反過來，你很愛一個人的時候，能足夠相信那個人嗎？曾經在網上看到過一句話：安靜的等待是一個人難得的美德。我覺得異地戀很受用。在對方忙碌，為穩固戀愛關係增添磚瓦的時候，要禁得住寂寞。愛對方的同時，多愛自己一點。異地戀有一個很大的好處，就是有足夠的時間做自己的事。與其迷茫，不如為他奮鬥。你不斷讓自己變得更好，下一次見面的時候，他一定會更愛你，而你們，一定能更成熟地去給這段戀情做長久的規劃，最終跨越距離走在一起。

難受小姐和她男友，前者主動闖入對方的世界，後者更願意沉浸在自己的世界，但不代表誰愛得多一些誰愛得少一些，真正相愛的兩個人，愛對方的心情是一樣的。

他們互加了微信後，難受小姐跟他的第一次聊天就講了條冷笑話，他一連回覆了好長一串哈哈哈。後來難受小姐在跟我回憶起這段戀情時，原以為自己會記住一點一滴，可後來怎麼也想不起當時那個笑話。

她固執地說：「或許是潛意識讓我忘了關於他的一切吧，但我知道他一定記得很清楚。」

但願誰都別忘了那個笑話。

願所有異地戀人，亙古長流，終會交融。

CHAPTER 9

這一路的我愛你
都有美好結局

每一段愛情故事裡，
都會有一百個死心的瞬間，
有一百個想要放棄的瞬間，
有一百個被刺痛的瞬間，
有一百個強忍不哭的瞬間，
但都抵不過幾千幾萬次想要擁抱對方的瞬間。

愛情裡的過錯，都是雙方各執一詞，給了對方不需要的需要抑或是把傷害強行施加給對方，自己自得其所。愛情也有錯過，大多是不夠勇敢，學不會嘗試，堅持了不該堅持的，放棄了不該放棄的。

勇敢小姐有一種魄力，她看上的人、要走的路，沒有顧忌，不在乎後果。她說：「最壞的結果就是死，既然死不了，還有什麼好猶豫。」

勇敢小姐是東北姑娘，典型白羊座，人群裡嗓音最大，且永遠衝在最前面。朋友們用四個字完美詮釋了她的性格——原始獸性。

她在北京上的大學，剛進校就因為大嗓門搶走了學姐的主持人位置，成了文藝骨幹。當室友還在適應高中到大學的過渡期時，她已經每天忙碌在各種外聯、會演和考證中了。僅靠幾次藝術節，她就以讓人瞠目結舌的浮誇主持風格贏得了享譽全校的知名度，同學們親切地在她乳名後面加了個「哥」字，彰顯其屹立不倒的江湖地位。

大二的聯誼會上，勇敢小姐對一個男生一見鍾情，以至於整晚都異常亢奮，感覺自己一舉一動都映在別人眼裡，笑得格外歡脫。散會後一打聽，人家已經有了女朋友，而且那個女友還是某選秀節目的二十強，走在大馬路上都會被人堵著合影的那種。

勇敢小姐當然不以為意，還為此展開了瘋狂的挖牆腳行動。因為那個女生跑商演時常不在校，她就每天準點出現在食堂，戳在男生旁邊，還安排低年級的學弟盯著對面宿舍的一舉一動，只要那個男生一出來，她就假裝路過偶遇，順帶打個招呼。要到他的手機號碼後，以打錯為由接連撥了好幾通電話，久而久之，兩人就混熟了。

勇敢小姐不做拆人台、當小三的勾當，而是大大方方乘虛而入。在得知男生跟他女友漸行漸遠後，白天在他空間裡留「心靈雞湯」，晚上去圖書館圍追堵截。故事的高潮是男生的女友跟圈內的男演員好上了，平安夜當晚，兩人在首都機場準備飛往泰國度假時，被男生逮個正著。最後當然只有男生痛了心，因為由始至終，他都被兩個助理大漢擋著，眼睜睜看著女友翻著白眼壓低了帽簷跟男演員一前一後進了頭等艙的安檢通道。

那一刻，男生的世界熄了燈，經受著周遭旅客的指指點點，像個落單的孩子般踱步走出機場。門外，裹著紅色大衣外加綠色圍巾，像一棵聖誕樹一樣的勇敢小姐，正端著兩杯熱奶茶微笑地看著他。

於是他們順理成章地在一起了。

畢業後男生去了一家日企，勇敢小姐在新聞頻道做主播，你儂我儂得每天都跟剛戀愛一樣。勇敢小姐的獸性在男生那裡退化成一隻野貓，恨不得隨時隨地都長在對方身上，無事撩逗一下，恩愛程度讓兩人成了眾人皆知的情侶楷模。

男生經常日本、北京兩地跑，勇敢小姐也無半點兒怨言，只要對方要做什麼提前給她報備，晚上及時發來晚安簡訊，知道他的行蹤就好，所以「出軌」或者「出櫃」這種關鍵字在勇敢小姐的三觀裡根本不存在。

即便後來男生一走一個多月，她也穩如泰山地在家裡候著他。在他回來前一天，連敷了半個月面膜的勇敢小姐頂著一臉「油田」去購置新衣，忍痛刷了幾筆大單，心滿意足地拎著大小包去滿記吃甜品。路過她一直捨不得吃的高檔西餐廳前，她看見自己的男朋友跟一個女生在靠窗的位子上吃飯。

她默默撥通了男生的電話，聽嘟嘟聲已經回了國，接通後對方果然騙了她，跟電視劇的橋段一模一樣。但她沒有捂著嘴跑掉，而是大方進了那家餐廳，然後在他們旁邊的位子坐下，男生看見她臉都綠了，一句話也不敢說。勇敢小姐擺出闊太太的架式把餐單上的牛排從頭到尾點了個遍，服務生不肯下單，她就故意扯著嗓子大喊：「什麼意思啊你們，誰規定一人只能吃一份牛排啊？我吃著嘴裡的想著外面的是我的自由！」然後故意撇過頭朝男生那邊反問道：「你說是吧。」

最後服務生給她前前後後上了十份牛排。吃的時候，她故意陰陽怪氣地一邊嘮叨一邊把刀叉磕得砰砰響。女生有些不悅，便撒著嬌拉著男生走了，這期間男生始終埋著頭，全程用頭頂對著勇敢小姐。

等到他們離開後，整個餐廳回歸安靜，聽清音樂時，才覺得一切傷感到死。勇敢

小姐嘴裡包著一大口牛肉，吞不進去，乾嘔了一下，眼淚就全出來了。

男友出軌沒有讓勇敢小姐意志消沉，而是給了她追回真愛的動力，因為她無法說服自己，那個每天說想念說愛她的人，怎麼會在頃刻間自我了斷所有的緣分，轉而投向一個跟他氣質八竿子打不到一起的女人的懷抱。

跟蹤過他們幾次，掌握了男生的獨處時間，勇敢小姐再一次乘虛而入，頻繁出現在他新租的公寓、健身房，以及他公司樓下的星巴克，但都無濟於事，男生這次對她避之唯恐不及，根本不給她單獨坐下來聊聊的機會。好像鐵了心要徹底結束一樣。

勇敢小姐仍不放棄，硬的來不了她就來軟的。那個女生跳國標舞，喜歡穿長裙，一日只有早、中兩餐，說話溫柔，看人的時候眼睛都有光。猜測男生換了口味喜歡這種女神類型，於是勇敢小姐照葫蘆畫瓢報了國標舞的班，清空了衣櫃裡的鉚釘豹紋，一天只吃一頓飯，餓得晚上睡不著在床上掐自己大腿。她還克制了嗓門兒，低八度跟別人交流，以至於再回電視台錄節目時，被主編訓說國家搞建設的大新聞報得跟奔喪一樣。

兩個月瘦了十二公斤，勇敢小姐連走路都晃悠。把自己弄成四不像後，男生竟然依舊淡漠。可以說是用盡了渾身解數，可就是挽不回這段戀情。勇敢小姐照著鏡子，開始徹底鄙視眼前這個怪物。

一個攝影師朋友見她狀況不好，去她家問候，開門的勇敢小姐滿臉是淚，她捂著心口痛哭。這大概是攝影師第一次見她哭得這麼傷心，蹲下來連忙安慰她。只見她抽泣著從嘴裡冒出四個字：「老娘好餓。」

不是說她真的不傷心，不難過，只是她心裡自覺還沒到頭，不願意放棄罷了。勇敢小姐常說：「人之所以會放棄，是因為只看見前方的路途遙遠，而忘記了自己是堅持了多久才走到這裡。」

分手後的第四個月，耶誕節，北京提前下了雪。攝影師朋友組了一個名曰「醜媳婦終要見公婆」的局，帶他偷偷交往了幾個月的女友跟大家見面。等到女生一進來，勇敢小姐徹底傻了，因為她就是那個小三女神。

故事說到這裡會有點兒狗血，但生活原本就幾多矯情。女生說她是個話劇演員，男生是她的好友，因為男生的媽媽突然有一天站不穩，走路保持不了平衡，跟他過世的外公當初情況一模一樣，才知道這是家族的遺傳病。他不想某天肌肉萎縮癱瘓在床連累勇敢小姐，所以才選擇用最笨的辦法逃避。

勇敢小姐當晚就飛奔到男生的公寓，敲門對方不應，便站在大雪裡不停喊男生的名字，直到惹來住戶抗議，警衛架著她往外趕時，男生才下了樓，滿面愁容地把她拉回了家。

勇敢小姐一進家門就翻箱倒櫃把他藏好的相愛證據一件一件搜出來，電影票、公仔、CD，直到翻到衣櫃裡那年平安夜她穿的紅色大衣和綠圍巾。兩人淚眼相看，她邊

哭邊說：「如果你不喜歡我了，還留著這些幹什麼，如果你覺得騙我能讓我們都好過一點兒，能不能想點兒好的理由啊，你以為演電影哪，你人還站著，那就抱我，站不穩了，我就抱你。多大點兒事啊！」

最後，他們又回歸同居生活了。

醫生說這個遺傳病的基因有一半存在的可能性，是可以查出來的，只是要看當事人肯不肯。勇敢小姐說沒必要，因為她根本不需要知道，愛情趕不走，時間也有限，與其長久折磨，不如過好現在最美的時光。

後來，男生背著勇敢小姐去查了基因。

診斷的結果他只給一個多年的好友說了，那個好友就是我。

聽著他們的故事，梳理他們一路而來的愛情，結果好像並不重要了。因為每一段愛情故事裡，都會有一百個死心的瞬間，有一百個想要放棄的瞬間，有一百個被刺痛的瞬間，有一百個強忍不哭的瞬間，但都抵不過幾千幾萬次想要擁抱對方的瞬間。

在所有人都等著他們何時被現實打敗的時候，勇敢小姐從未有任何放棄和猶豫的念頭，她說：「愛有多艱難，就有多燦爛。」

故事的終點並不會落在誰的離開上，因為我相信，這一路上的我愛你都有美好結局。

聖誕快樂。

插畫

單身節

在遇見對的人之前，先成為最好的自己。
單身不孤單。

学会发现生活中的美好之处，除了爱情，还有很多能让你幸福的方法……
在你想拥有一切之前，一定要知道，身体最重要……
没有人能随时随地帮你，很多事，需要自己来做……
善待值得你拥有的人……

少看一些无病呻吟的悲情书，多看一些拥有正能量的作品……
给喜欢自己的人一个机会
才能给别人看见你内在的机会……

CHAPTER 10

年少不再時，才敢懷念你

朋友是傘，下雨天才用，
那等到下個梅雨季節，可能就找不到了。
城市那麼大，失去曾經並肩的人，
會變得好孤單。
我們已經踏入成年人的世界，
但有時卻又不願承認自己是大人，
因為總想抓住過去的尾巴不放，
但總要鬆開的啊，
即使是不情願，
我們也要經歷跟重要的人告別。

阿豪是個富二代。

我十二歲剛遇見他的時候還不懂這個詞，只知道他可以一夜之間變出很多我們要吃上半年才能湊齊的奇多英雄卡；過不了幾天就會換一個新的書包。那個時候，我經常跟他混在一起，能深刻體會《無極》裡的那句台詞——跟著他，有肉吃。

當時我是個胖子，但是虛胖，沒什麼力氣不說還隔三岔五地生病，幾乎每個月都要打一次點滴。最痛苦的是護士找不到我手背上的血管，所以每次都一針一針從手上扎到腳上。但我又喜歡生病，因為阿豪放學一定會來病房給我玩他的ＧＢＡ（掌上遊戲機）。因為胖，所以運動會是惡夢，當時每個人必須報一個項目，阿豪就鼓動班主任讓我丟鉛球，結果比賽那天我閃了腰，落下童年陰影，每逢運動會都腰痛。我當時寫作文特別快，品質也高，後來找到了用武之地，在運動會的時候當廣播員，寫一百多字的廣播稿。阿豪參加長跑和跳遠贏了一堆禮品和獎狀，為了不輸他，我一個人寫了幾百篇稿子，最後拿了年級的積極獎。上台領獎的時候，不忘給他使眼色瞎得意。每次說到這裡，他都會酸我：「那麼早就開始寫微博了，怪不得現在編段子手到擒來，看來是練出來的。」

我第一次被阿豪領去網咖是在初二，當時就快嚇尿了，覺得未成年人進網咖就跟下地獄一樣。但當我跟他玩人生中第一款網遊的時候，又覺得自己身處天堂。毋庸置疑，我變成了網癮少年，上課下課都跟他泡在一起討論遊戲。當時我沒錢買點卡，他就一下甩給我幾十張。他的裝備都是花錢買的頂級，我就常常偷開他的號把裝備換上去打

XS7

怪。後來他買了限量坐騎，全服都沒幾隻，我一上線就吵著跟他組隊，感覺走在路上，所有玩家都是羨慕嫉妒恨，自己臉上跟貼了金箔一樣明亮。

網遊一直玩到高三，意識到升學壓力之後，我才重新啃書，於是整個高三都沒怎麼搭理阿豪。不過他那時候初戀，跟他們班班花膩在一起，也沒時間招呼我。高考成績下來那天，我去找他，我想當然地以為他可以靠家裡的錢去最好的大學，但他告訴我他要轉校重讀了，因為他想考藝術，於是我們的人生軌跡第一次產生分岔，儘管後來我才知道，他是為了追隨那個班花。

我們被時間牽著，恍然有一天發現當時歪著頭幻想到不了的地方，已經被自己甩在身後，才意識到，長大真的是一夜之間的事。

大學畢業後我來了北京，阿豪還在浙傳讀大四，聽說他的班花早在三年前就跟他分了手，然後他就一直空窗。

那年所有人都等著末日，我跟他開玩笑：「哪怕你再忙也要抽時間來看看我，否則等我們都成了灰燼，在宇宙裡可碰不上面。」後來他真的來了北京，而且在雙井租了套房，請我搬過去住。一打開家門我就震驚了，超大的家庭影院，歐式沙發，滿牆都是我最喜歡的綠。我嗆他：「我×，你不會是喜歡我吧！」他十個白眼翻過來，說：「老子要考雅思，過來上課的。」

那個時候，「出國」這個詞語從他嘴裡說出並不奇怪，只是總覺得還是很久遠的事。

跟他住在一起後，我的生活提升了好幾個檔次。他辦了兩張VIP健身卡，他跑步增肌，我就在對面蒸桑拿。他到了北京瘋狂冒痘，於是買了一堆大牌護膚品，洗手台上擺一排，我每天用都不重樣。我當時追美劇，他沒事就喜歡跟我湊一塊，然後總把焦點放在演員的動作和表情上，最後無論什麼題材都會變成一部喜劇片。

好景不長，阿豪這個「土豪交際花」，來北京短短幾個月就認識了一堆朋友，常在我們家辦趴體（派對），一來因為阿豪會買一堆吃的喝的孝敬大家，二來不用客氣隨便胡鬧因為第二天會有阿姨打掃。從桌遊趴到家庭ＫＴＶ，最後直接變成打牌趴，我們喜歡玩乾瞪眼，起初就一張牌一角錢圖個樂子，自從阿豪加入以後，一張牌升值到幾塊錢，看著自己一千多塊血汗錢在牌桌上來回的時候，我非常想離開這個家。

末日當天，我們去酒吧慶祝，幾個人找準時機想撮合阿豪和一個女生朋友，於是玩起用嘴撕紙的遊戲，但好巧不巧偏偏都是我跟阿豪親得最歡。那晚我們所有人都醉了，原本朋友安排讓阿豪跟那個女生去旅館睡的，但我當時已經不省人事非嚷嚷著阿豪帶我回家，後來變成了我、阿豪和那個女生擠在一張床上。半夜我被尿漲醒，剛想起身，就聽到旁邊阿豪和女生在接吻，吧唧吧唧的，我愣是氣都不敢出憋到睡著。

第二天一早趁女生去洗澡的時候，我不懷好意地開他玩笑，他卻不以為意，告訴我不會跟她怎樣的。我說：「你就那麼不想找女友啊？」他撓撓頭說：「沒必要啊，反正明年都要走了。」

末日沒來，但從那一刻開始，我覺得時間好像開始追我們了。

去年三月分，他第一次考雅思，結果第二天的口語直接睡過了頭，他回來安慰自己反正也沒準備好。我就抱有僥倖心理對他說那就再學幾年，陪我幾年。他笑笑：「我本科的學校都選好了，就等著我雅思成績呢，今年必須走。」那一刻，我有些失落，我說：「你有的是錢，不像我們，永遠被錢絆著，如果你飛走了，應該就不會再想要回頭看了吧？」他埋著頭玩手機，沒有回我的話。

後來第二次考試，他運氣好到聽力和閱讀幾乎全是背過的「機經」（考古題），然後時間再一推，他連去英國的機票也買好了。走之前剛好是他二十二歲的生日，幾個最重要的朋友陪著他，遊戲玩著玩著，大家就哭了，平時沒見阿豪流過淚，但他哭得最慘。我舉著麥克風大吼：「出國讀書這麼好的事，有什麼好哭的啊！」他們看著我乾澀的眼睛，肯定覺得我根本不在意阿豪吧。

我沒有理會他們，蜷在液晶螢幕前默默點了歌，林俊傑的〈翅膀〉。想起當時班上喜歡ＪＪ（林俊傑）和ＪＡＹ（周杰倫）的是死對頭，男生都嘲笑ＪＪ的聲音像個女的，我做為ＪＪ的死忠粉絲，自然也被連累。每次跟那些人打起來，都是阿豪先揮拳過去，事後他說：「我就見不得別人欺負你。」

用你給我的翅膀飛／我感覺已夠安慰／烏雲也不再多／我們也不為誰掉眼淚

我邊唱邊摳自己的臉，因為不想讓別人看見眼淚掉了出來。

如果有什麼話想對阿豪說，「不想讓你走」可能就是唯一一句吧。

英國比我們晚八小時，我經常起床的時候看見阿豪在朋友圈說晚安，加上白天工作也越來越忙，我跟他的聊天就變得越來越少，有一搭沒一搭的都是在問候過得好不好。好像人真的是這樣，距離遠了就覺得心被什麼隔著，不能再像以前那般親密了。沒有共同話題，最後只能尷尬地說：「那我睡了」或者「那我去忙了」。

我從沒想過有一天，要以這樣的方式跟阿豪相處，我以為我們轟轟烈烈的輕狂年少，能被老天爺保佑著，給我們一輩子友好如初。可是後來，我沒有預料到，年少不再時，才敢懷念他。朋友是傘，下雨天才用，那等到下個梅雨季節，可能就找不到了。城市那麼大，失去曾經並肩的人，會變得好孤單。

有一次，我作夢夢見又在玩那款網遊，然後有個玩家要跟我ＰＫ，我就想找阿豪借裝備，但登他的號卻提示密碼錯誤，想找他他那邊又有時差，大半夜的，發他ＱＱ、微信都沒反應，然後我一急，就醒了。

我告訴他，別說這個夢還有點傷感，他給我發了幾個抱抱的表情，我鼻子一酸，大罵：「你這個王八蛋是有多討厭我才會離我那麼遠！」

我們已經踏入成年人的世界，但有時卻又不願承認自己是大人，因為總想抓住過去的尾巴不放。但總要鬆開的啊，即使是不情願，我們也要經歷跟重要的人告別。電影

《少年Pi的奇幻漂流》裡說，人生就是要學會不斷放下，但最令人痛心的還是沒有好好地告別。

我覺得我欠阿豪一個再見，以及謝謝。

後來的後來，我遇見很多人，有那麼幾個走了，有那麼幾個選擇留下。

只是我再也沒交過像十二歲那年，跟阿豪一樣的朋友。

CHAPTER 11

看得見遠方，追得上路人

成熟的水果會揮發出乙烯，
能催熟未成熟的果實，
所以就算不甜的柿子跟甜梨待久了也會甜；
不起眼的稻草捆住大閘蟹的時候，
在海鮮市場也能保持著高昂的身價。
我們肯定會跟錯一些人而經歷漫長的陰天，
但當自己的世界放晴的時候，
你會發現跟你在一起的，
一定都是那些散發著光熱、積極智慧、
夢想很大的人。

很多人在起點預備的時候，都會把目標看得很遠，但真正跑起來的時候又覺得苦累，身邊的人氣喘吁吁抹著汗，於是跟隨他們一併停了下來，駐守在半路，覺得這樣也挺好。但時間一久，再看看當初定下的遠方，雖遙不可及但心有可惜。

近視先生說：「一個人最悲哀的，不是看不見該努力的終點，而是把你所在的咫尺，當成你以為的遠方。」

近視先生出生在城市的郊縣，因為爸媽工作的關係，幾乎從未踏出過小城。上的小學在他家背後，中學步行不超過五分鐘，好不容易高中畢了業，結果順了父母的意思，報了離家驅車半小時就到的藝術院校。上了大學才第一次感受到不住家的滋味；才看見市中心的全貌；也才知道沃爾瑪是超市；有個特別貴的冰淇淋叫哈根達斯。

這不是家裡窮，而是在世外桃源待久了，與時代有些脫節罷了。

因為是獨子的關係，近視先生從小被家裡慣著，三歲就開始瘋狂看電視，結果小學一年級就戴上了眼鏡。在同齡女生開始鍾愛帥哥的年紀，他卻對不起自己的五官，活生生頹廢成屌絲（魯蛇之意）。但他沒有半點兒危機感，因為他覺得近視有眼鏡可以戴，屌絲也有人愛，不需要太忠於學習，反正畢業去爸爸的單位裡工作。

獨立能力極差的近視先生用了半個學年的時間適應大學生活，然後剩下半年則是跟室友一起全心撲在網遊事業上，選擇性蹺課，食堂跟寢室兩點一線，把生活費全買了遊戲裡的裝備。那個時候，四個哥們兒感情極好，他覺得，這就是他要的大學生活。

大一快結束的時候，寢室一哥們兒的爸爸出了車禍，直接退了學；一個「出了櫃」，住到別的男生寢室去了；唯一剩下的一個談了場半個月的戀愛，要死不活，從此意志消沉長在了床上。網遊沒了戰友，近視先生也自覺無聊便擱置了。大二的選修課上，近視先生認識了一個喜歡跑酷的男生，在他的薰陶下，剪短了頭髮，晚上陪他一起去操場跑步，白天下了課就去各個教學樓裡為他記錄「上竄下跳」的影片。沒想到不過

半年時間，近視先生把肌肉給練出來了，圓臉也有了稜角，因為變化太大還被女生追捧紛紛尋求塑身良方，掀起了全校跑步健身的風潮。後來受邀在藝術節演講，被學姐鼓動，在驚天動地的尖叫聲中，讓眼鏡店小妹把人生中第一枚隱形眼鏡塞進了眼睛。

自此，近視先生成了系裡公認的男神。

近視先生從未發現自己還有這般潛力，被一口一個「帥哥」叫著，自然也就信心倍增。後來越來越多的人認識他，接近他，哪怕都是沒有營養的交集，也讓他在鼓勵和羨慕中重新認識了自己。

大三還沒結束，就有朋友給他介紹了一份工作。人都愛美好的東西，這就是長得好看的人不會吃虧的原因。哪怕這份工作在北京，他也還是跟父母僵持了一個暑假，最後獲得家裡人的通行證，一個人坐上北上的班機。

直到現在，近視先生都佩服自己當初說走就走的勇氣。那時的他，對帝都並無瞭解，在電視劇裡只是捕捉了邊角，卻不懂深藏在平和表象下的浮躁。於

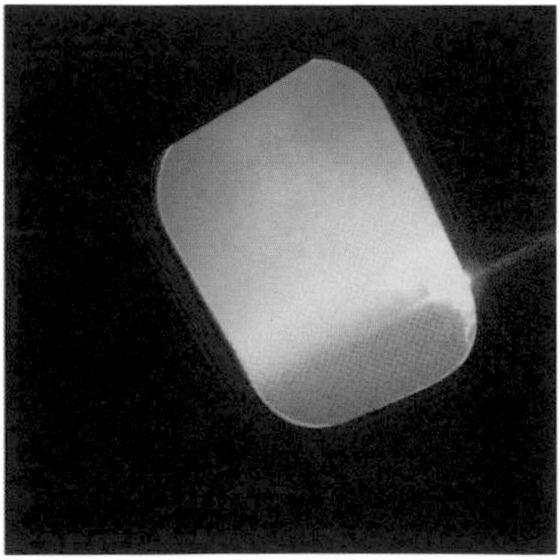

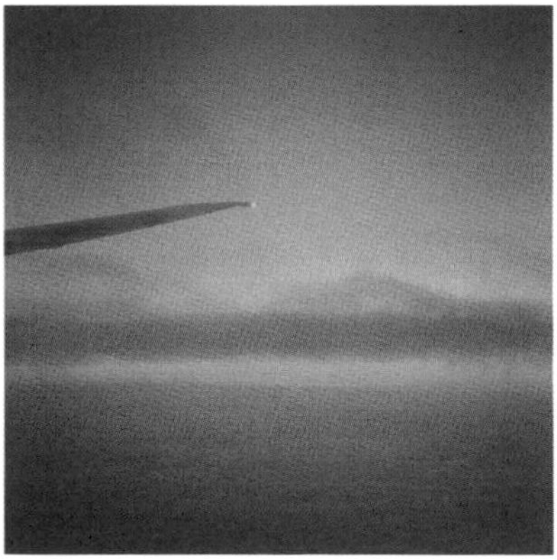

是剛來北京第一天，就被所謂的朋友放了鴿子，工作泡湯。

這裡的人走路是時速五十哩的，而自己早就習慣了時速十哩均速運動；自認身上潮到不行的傑克鐘斯到了這邊連個直營店都看不見；因自己長相而建起的自信心丟到國貿、三里屯等年輕人眾多的地方瞬間就消失殆盡。全家得知北京租房貴，於是每個月給他一千塊他們認為的鉅款房租，但這也只夠他在天安門背後租套老房子，房子小得走路都要側著身，但因為地理位置絕佳，也心滿意足。於是像被時間拖著走，近視先生回歸屌絲生活，渾渾噩噩過了半年。

第一份實習工作是自己找的，給某國企的網站做設計，工資低到在北京根本活不了。但家人都說國企好，要耐得住寂寞，於是乎，近視先生就花著家裡的錢心安理得。上班第一週每天早上七點起床洗澡抓頭髮，光鮮亮麗地去公司，他深信在北京就是要交朋友才能鋪開自己的關係網，於是同事對他的印象就變得異常重要。可幾天過後，他發現辦公室裡全是四眼、喜足球、好妹子、無夢想的直男。話不投機半句多，受他們影響，索性每天也頂著一頭乾癟的自然捲上班，一句話不講，一坐就是一整天。

後來還是在鼓樓小劇場看演出的時候，認識了第一個朋友圈。圈內人都是小演員、歌手，三男兩女，三直兩彎。其中有個土豪，住在房租一萬多一個月的高檔社區，幾個人平時沒什麼工作，就集體宅在他家昏天暗地地玩桌遊。那個時候，近視先生認為時間就該被這樣揮霍，所以辭了工作陪大家一起「家裡蹲」。其間還經朋友介紹，跟一個淘寶模特兒好上了，他放不下面子死皮賴臉地搬到土豪家裡住，佯裝有錢人的生活，但裝×裝了一個多月，就被模特兒拆穿。模特兒控訴為什麼要騙她，並以此為藉口狠心分了手。

即使心裡再不舒服，近視先生也知道，分手的理由是假的，但分手是真的。經過漫長的雨天，回看自己滿身狼狽，近視先生終於崩潰。迫於無奈他給了自己一次旅行，在江南小鎮上思考要不要繼續待在北京。最後還是放不下回家被親戚數落的面子，又回了北京。只是這次回去，他下決心要跟過去說再見。

轉折的起點是大學認識的跑酷哥們兒來北京開了個影視宣傳公司，叫他幫忙，於是七拼八湊了五個靠譜的好友，躡手躡腳在娛樂圈裡大浪淘沙。從未涉足的行業讓近視先生吃了不少苦，但生活一忙碌，就顧不得悲觀。

娛樂圈是個魚龍混雜的地方，難得有真友情，但被近視先生碰上了。公司做的一場發表會上，近視先生跟甲方一個宣傳相見恨晚，當天就約吃飯、看電影。那個女孩身上有股正氣，走路帶風，最特別的是，她上過吸引力法則的課，對生活處處充滿信心，隨口就是一句「心靈雞湯」，加上近視先生向來習慣別人給予自信，於是兩人看對眼，相處格外融洽。

到現在，他已經很少跟過去的朋友們照面了，倒不是因為忙碌騰不出時間，而是試著聚在一起時竟多了生分和尷尬，再無共同話題。他所在的宣傳公司現在已經做出了名聲，快節奏的工作氛圍讓他把一天當兩天過，卻無半點兒抱怨。他說：「原來當初看不見的不只有遠方，還有跑在前面的人。」

成熟的水果會揮發出乙烯，能催熟未成熟的果實，所以就算不甜的柿子跟甜梨待久了也會甜；不起眼的稻草捆住大閘蟹的時候，在海鮮市場也能保持著高昂的身價。我們肯定會跟錯一些人而經歷漫長的陰天，但當自己的世界放晴的時候，你會發現跟你在一起的，一定都是那些散發著光熱、積極智慧、夢想很大的人。

有一次跟從加拿大回來的朋友吃飯，對方講了一整晚旅行的見聞，近視先生歪著腦袋，眼前的畫面是自己在多倫多開闊的公路上駕著車，音響正放著喜歡的歌，左手抓著方向盤，右手牽著心愛的女生。

他說，他很羨慕那個朋友，他一定要實現那個畫面。

前行的路上，我們不僅受遠方的羈絆，還被行人影響，你想要成為什麼樣的人，就去接近那樣的人。宇宙除了爆炸後形成了銀河系，它還給了相同磁場的人，同樣的運氣。

願你成為更好的人。

插畫

蛋殼

從現在開始努力，一切都還來得及。

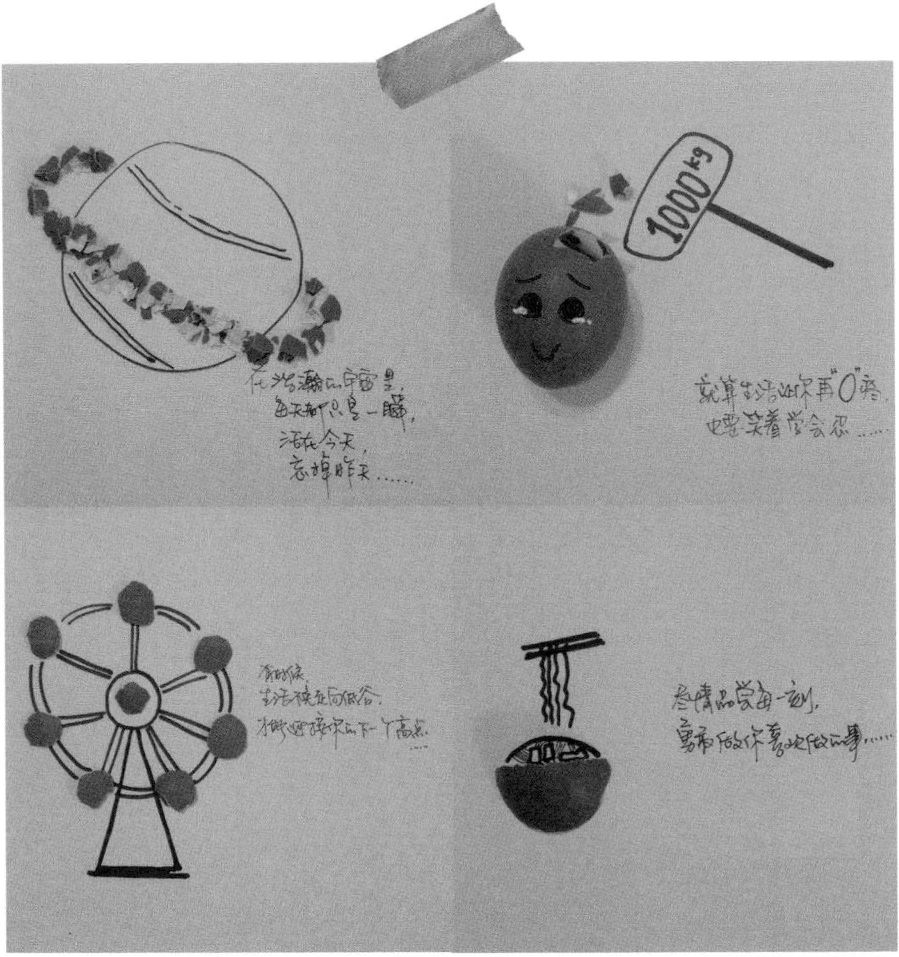
在浩瀚的宇宙里，
每天都只是一瞬，
活在今天，
忘掉昨天……
1000kg
就算生活给你再“0”疼，
也要笑着学会忍……
有时候，
才能迎接你的下一个高点……
尽情品尝每一刻，
勇敢做你喜欢做的事……

步履不停，
前方总有你不曾看过的风景……
不管怎样，仍要坚持，
没有梦想，永远到不了远方……
时间不会停下来等你，
我们现在过的每一天，
都是余生中最年轻的一天……
永远不要逃避问题，
因为时间不会给弱者
任何回报……

时间是一个最好的财富，
握紧它的人才能享受
灿烂人生……

CHAPTER 12

有些朋友就是用來說再見的

真正的朋友，懂得沉默、懂得等待，
他知道你想說的話自然會跟他說，
他會對你的好適可而止，
他知道你好的比壞的多，
但永遠不會告訴你你有多好，
就像他不會告訴你他有多愛你一樣。
時間把人劃分成一個又一個圈，
只有永遠和你站在同一個圈子的人，
才能成為你可以守護一生的朋友。

人一生會遇見很多人，有些人一直安分地留守在你的世界裡，有些人匆匆一瞥，什麼都沒留下。但時常，我們在離開我們的人身上用了很多感情，越是長久陪伴我們的人，反而越是平淡。

小眼睛先生是一家青春雜誌的主編，幾乎在二、三線城市的書店、報刊亭裡都能見到他家的雜誌，所以當我收到他的約稿函時還意外了很久。後來，那篇被他來回打槍了五、六次的短篇小說，竟然成了當月最受讀者歡迎的文章，於是為了感謝他，就促成了我們第一次的碰面。

那次晚餐我到現在記憶都還很深刻。他長得挺喜氣，個子不高，小鼻子上架著厚厚的近視眼鏡，讓原本只剩一條細縫的眼睛又縮了水。整晚談話，我看著他的眼睛，幾次困頓走神。臨走時我提出互相關注微博，感覺他有些不太情願，但在微博上找到他名字的那一刻，我也理解了。原來他是個網路紅人，幾十萬的粉絲，每條微博段子轉評都是幾千。剛來北京沒見過什麼世面，活脫兒一個「明星」在我跟前竟一下覺得有些距離，印象中好像忘記說再見，就倉皇逃回了家睡了好深的一覺。

後來跟他成為朋友也很意外。我們有一個共同的朋友小N，一次在他家轟趴（家庭派對），為我開門的竟然是小眼睛先生，他一臉錯愕地問：「你怎麼來了？」那個表情，像是對鬧事者的挑釁。好在小N樂天派的性格很快就讓大家打成一片，接下來的很多次桌遊、喝酒、唱歌，我都有幸參與，跟小眼睛先生也慢慢走進了同一個世界。

我們之後的互動更加頻繁。他知道我鬼點子多，於是把他們雜誌的一個互動欄目交給我做，試水溫了幾期效果很好，便索性把所有互動都給了我，儘管那個時候光是策劃和撰稿就用掉我所有的寫作時間，但想想機會得來不易咬牙也就堅持了。好幾次跟他喝酒，他都能很嫻熟地醉倒在沙發上，剩下我單槍匹馬應對他約來維繫關係的合作夥伴。在朋友家裡的時候，我總是不顧及形象成為他影片記錄下的神經病，我看見他的笑容，真實又賣力。

當時獨自在一個陌生城市，小眼睛先生對我來說，也許並非是最好的但出現得最是時候。

第一本書上市前，心肝脾肺腎都在緊張。

我是個很少願意麻煩朋友的人，但當時實在太沒自信，所以才給他發了個私信，希望他能幫我轉發新書的微博。隔了半天的時間他回覆了一句「好」，然後在三天之後的凌晨兩點，他轉了我的微博。只有四個字：轉發微博。冰涼的、官方的，如同在所有人睡夢中偷偷踩下的一個印子。

我沒有多想，也沒資格多想。即使第一本書賣得不好，也沒有打擊我對寫作的信心。

後來，他經常晚上給我傳來一篇雜文讓我幫他改，最後才知道，他用這些雜文出了一本書，書裡那些大段的句子都是我給他改的，我以為他會感激我，可是後記致謝的名單裡，有小N，卻不見我。

倒不是多麼急於為自己證明，只是失望，我沒有出現在他的朋友名單裡。後來我想起，每次跟小眼睛先生喝酒，無論他看似已經醉得多麼不省人事，結束的時候，他總能清醒地叫計程車回家，留我一個人轉身蹲在馬路邊上吐。那些他背後給無數朋友分享過的影片，都讓我變成給別人帶來快樂的傻子。翻開雜誌上那些沒有稿費辛苦編撰的欄目，編輯一欄他的名字像是在嘲笑我。這一切的一切，就如同從很久之前搧來一個巨大的耳光。

當你對一個人不求回報地好，那個人總有一天會把你的好當成理所當然。而你的善良只會變成軟弱，讓他得寸進尺地占你便宜。

在這之後，我跟小眼睛先生的友情由主動變為被動。

不再因為他一個電話就乖乖去赴約，也懂得拒絕他理所當然的要求，跟他和朋友在一起，也再不會沒有包袱地胡作非為了。

友誼也有賞味期限，它的壽命就取決於你與他。只要你或者他，其中一個人變了，那麼一切，都跟著變了。

臨近耶誕節，小N打來電話說小眼睛先生要離開北京去南方發展了，然後在我們三個月沒有聯繫的送別局上，我給小眼睛先生敬酒，我感謝他，當初願意登一個新人的稿子，感謝他讓我認識了很多朋友，感謝他，在這光怪陸離的帝都，給我上了一課。KTV包間的燈光很暗，我看著他近視眼鏡後面的那雙小眼睛，彷彿回到我們第一次見面，百感交集。

那晚，小眼睛先生好幾次把小N叫出包間，透過玻璃門，我看見他們互相搭著對方的肩在哭。分手的時候，我永遠記得小眼睛先生的話，他說：「時間會讓我們看清

一個人。」

那句話如鯁在喉伴隨了我多天，最後是被神色匆匆到我家的N打破的，他說原來小眼睛先生那三個月沒跟我聯繫，是因為我們之間的一個朋友為了挑撥關係說我一直在背後說他的壞話，但好在小N跟他一次電話深聊，所有謊言都不攻自破。

聽到這個消息，我沒有很驚訝，反倒很平靜。

當你需要給一個朋友解釋的時候，其實你在對方心裡已經不重要了，而那些解釋，不過是說服自己他會相信的藉口罷了。

真正的朋友，懂得沉默、懂得等待，他知道你想說的話自然會跟他說，他會對你的好適可而止，他知道你好的比壞的多，但永遠不會告訴你你有多好，就像他不會告訴你他有多愛你一樣。時間把人劃分成一個又一個圈，只有永遠和你站在同一個圈子的人，才能成為你可以守護一生的朋友。

小眼睛先生離開北京的那天，他給我發了條微信，他說「對不起，誤會你了」，怎麼回覆他的我忘了，我只記得當時的心情雲淡風輕。他乘著南下的雲，連同我對他的感情一起飛走了。上個月，他在南方小城開了個咖啡店，偶爾見他在朋友圈分享一些與客人的合影，動不動就用「摯友」、「永遠」遣詞造句。我從未回應，只是默默祝福他，別再耽誤了別人的友情。

人一生會遇見很多人，但不是所有人，都能將你看得很重要。你的每一段字句、你的喜好夢想，大多數人，不過是當個消遣，聽過，也就算了。對這種人，只需簡單優雅地忘記他們，祝福他們長命百歲。反正隨著心智的成熟，你會學會比較和挑選適合的人留在你身邊，你的熱心腸、善良和謙卑，都會變成他們同等的尊重與回應。你能肯定，這個世界上除了爸媽之外，還有絕對不會拋棄你的人。

有些朋友就是用來說再見的。

或許一輩子，留到最後的那寥寥幾人，最能記住的只是你原本傻氣的樣子。在長久淡漠的陪伴裡，要時刻提醒著，你們是互相選中的人啊，所以永遠也不要分離。

CHAPTER 13

真假朋友的玩笑哲學

有些人開的玩笑，你心裡彆扭，
那就說明這根本不是玩笑而是嘲笑。
不用為不在乎你的人傷懷，
也別放棄他們，
讓他們陰陽怪氣地待在你身邊，
徒增生活樂趣就好。
重要的是，當你有一天發現有人開你玩笑
你卻一點兒也不介意，
那就說明，他們是住進你心裡的朋友，
那這些玩笑，字字句句都恰好。

朋友之間用來化解尷尬和展示自己牙尖嘴利的最好辦法就是開玩笑，你不得不承認，就算自認為身上沒任何笑點，也總能被朋友創造出各種並不好笑的笑話來。

但奇怪的是，有時候你不介意，有時候，心裡面明明不好受卻還強裝無所謂。

沉默先生說：「很多人，玩笑的內容是假的，但開玩笑的目的是真的。」

沉默先生是我一個青梅竹馬，從小性格內向，不愛說話，而且他是個因噎廢食的典型，小學五年級在藝術節上跳舞，結果摔在台上贏得了一片笑聲，從此他聽到〈太陽出來喜洋洋〉這首歌都覺得氣短。初中跟一群女生追星，被男生嘲笑，於是忍痛丟了CD、錄音帶。類似的情況還有很多，整個中學時代，沉默先生都把自己裝裱在不用跟人打交道的世界裡，像一幅無人問津的字畫。「朋友」這個字眼對他來說都是奢侈的，能有兩三個朋友一直陪著已經視作福氣。

第一次改變，是從大學一個音樂節開始的。

系裡下了嚴令，需要指派每個專業出幾個歌唱類節目。沉默先生是被室友拱上台的（因為洗澡的時候偷偷唱歌碰巧被回寢室的室友聽見，從此膜拜為歌神），他低著頭，劉海遮住了半張臉，就算上了大學，也仍然平凡普通，讓人捨不得在他身上多看一眼。他愣在講台上片刻，然後支吾著問：「我能轉過去唱嗎？」

他記得唱的是陶喆的〈寂寞的季節〉，直到現在，他腦子裡時常還能響起當時全班自發的掌聲。

在那次音樂節上，沉默先生莫名其妙地成了全校的風雲人物，音樂給了他一座瞬間建立起來的城邦，有了十足的信心飛揚跋扈做自己的國王。學校裡的幾個粉絲把他唱歌的影片傳到某選秀比賽的網路賽區，竟讓他意外成為全網人氣冠軍，稀裡糊塗飛去長沙在大浪淘沙裡堅挺到百強。等再回到自己的小城，一切又變了。

生而為人最有意思的是，可以看到每一個貌似微小的變化背後都是生命撂下的擲地有聲的傳奇。

沉默先生現在已經不沉默了。

他比我早一年到北京，靠著大學積累的滿滿自信，認識了一幫朋友。他不懂五線譜和樂器，憑著自己「DaLaDaLa」地哼唧寫歌，竟然也賣給好幾家唱片公司，賺了不少的生活費，日子過得還滿滋潤。只是這一晃距離那次選秀比賽幾年過去了，當初那些喜歡他的粉絲已經長大離他而去，而他似乎還停留在那座城邦裡，唱著小情小愛的歌，不願意走出來。

最困難的時期，是他聽信朋友擔保的說辭，衝動地在北京開了一場售

票音樂會，他把所有積蓄都砸在這場音樂會上，朋友說海報要用高級紙張才有誠意，他就印了，說要請一些記者來，才能有曝光度，他就又花了一筆記者的車馬費。

沉默先生胸有成竹地以為這是他這段北漂時光的一次最精采的總結，可是，等到演出開場前，看見台下寥寥無幾的人時，他徑直逃回了後台，坐在休息室的樓梯前，傻愣愣地捏著話筒。我們所有人都在勸他，推遲了二十分鐘，他才重新掛上微笑返回舞台，用了全部氣力唱了兩小時的歌。

那時我以為，他坐在樓梯前，應該是受到很大的打擊吧，不管是錢的問題還是自信心的問題。後來他告訴我，他傷心的，不是台下只來了那麼一點兒觀眾，而是他一直信任的朋友，給他開了這麼大的一個玩笑。

音樂會結束了，他的人生彷彿才剛剛開始。

沉默先生並沒有計較朋友的事，而是當一切雲淡風輕，後來大家還是在一起胡鬧。那些損友說他歌

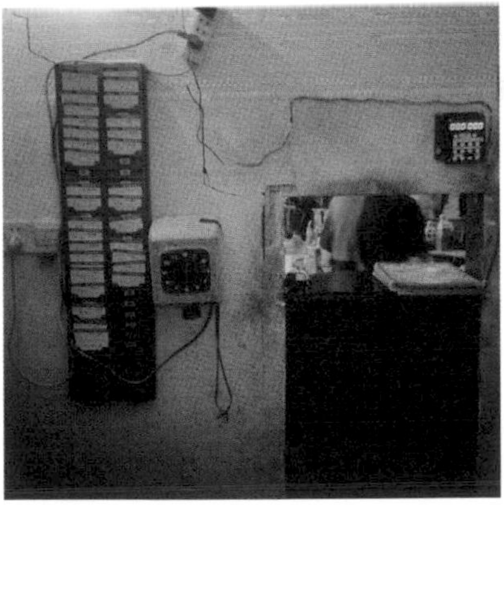

路窄，說他長得像某某喜劇明星，他都笑著回應，讓認真的玩笑全變成敷衍的談資。雖然冥冥中我察覺到什麼，卻又說不上來，反正跟小時候那個隨時會被風吹動心弦的內向男生比，他已經成熟太多了。

後來有幸經過朋友介紹，他簽了一家公司，承諾兩年內給他出專輯。大老闆很闊氣地在簽約第一週就給他錄了首新歌，然後沉默先生以「重獲新生」為由在他家組了個趴體（派對），路上堵車最晚到的我一開門就傻了，加上我和他，一共就四個人。那晚我們省掉了遊戲環節，把啤酒改為氣泡蘇打水，乾聊了一晚。

到了後半夜，只剩我跟沉默先生兩人倒在沙發上緬懷青春。我們去對方的QQ空間裡找過去的回憶，時間真是既可怕又可愛，可怕的是總會讓你覺得以前的自己慘不忍睹，可愛的是而後又會感謝過去那個醜鬼不斷碰壁做錯事，才能成長為現在的自己。

嘲笑過對方的舊照之後，我倆陷入沉默，被魚缸裡的流水聲擾得心煩，我問了一個一直困擾我的問題：「你現在開朗大方，有那麼多朋友，但心裡裝得下嗎？」他漫不經心地說：「當然裝不下，心是分裡面和外面的，在乎你的人，自己知道往你心裡鑽，不在乎你的，給他們自由，該留會留，該走也會走。」

一年之後的光景跟開始預想的已然面目全非，沉默先生的老闆把所有的精力和錢都投給了剛簽下的一個小有名氣的藝人，於是沉默先生的專輯幾乎只剩下一首歌的製作費。白羊座的他放棄不了，於是動用所有朋友關係，用一首歌的成本做出了一張五首歌的EP（迷你專輯）。那些所謂的朋友又開始各種玩笑，說他根本就不適合唱歌這條路，說他這種要偶像不偶像、要實力不實力的一開始就該從小助理做起而不是天天幻想著變成大明星。在我看來，玩笑話都帶著刺，但他卻不起一絲波瀾。

他張羅專輯那段時間我跟他的聯繫漸少，直到有一天看見他微博上公布的巡迴音樂會消息時，我才給他打了電話過去，生怕他又被哪個朋友欺騙。他倒是很堅定地說這次絕對沒問題，我瞭解他，所以與其擔心，不如祝福。

北京站的那場演出，我們所有朋友都去了，人比上次要多出一半，看著他踩著熊貓鞋從後台出來的時候，小時候那個沉默的他突然從我腦子裡竄了出來，成為虛影站在現在的他身邊，一左一右一前一後的對比，特別真實。

唱完ＥＰ的最後一首歌，他在舞台上講了一大段心路歷程，最後他說：「如果你還在乎別人說你什麼，那你一定也在潛意識裡認同別人說你的東西。只有你真正強大了，才可以不懼怕任何言論。」不知道為什麼，我當時特別想哭。

還記得那晚我跟沉默先生躺在他家的沙發上，他回答完我的問題，問我知不知道他為什麼沒有因為之前那場失敗的音樂會，而跟那個始作俑者鬧翻。我不知，他卻也不揭曉答案，我想我現在知道了。

有些人開的玩笑，你心裡彆扭，那就說明這根本不是玩笑而是嘲笑。不用為不在

乎你的人傷懷，也別放棄他們，讓他們陰陽怪氣地待在你身邊，徒增生活樂趣就好，重要的是，當你有一天發現有人開你玩笑你卻一點也不介意，那就說明，他們是住進你心裡的朋友，那這些玩笑，字字句句都恰好。

前幾天同學聚會，我跟幾個朋友聊到正在各個城市巡演的沉默先生，都表示他的人生經歷勵志又奇葩，但難免有幾個習慣吐酸水的人在一旁嘰歪，當其中一個知情者說，原來沉默先生這些音樂會場地都是自己一家一家聯絡的，更是觸到了他們的刺蝟病。

我在驚訝的同時，想到沉默先生當初在電話裡告訴我「絕對沒問題」的氣焰和他在朋友圈裡分享的那些現場照，滿是心疼又備受鼓舞。

我喝了一口酒，刻意大聲說：「至少他知道讓自己變強大的方法。」

至少他知道，有些人和事，已與他無關。

CHAPTER 14

沒有最好的真朋友，也沒有最差的假夥伴

人的情感是有限額的，不可能照顧到身邊所有人。
你對所有的朋友都是一個樣子，
那所有的朋友對你就也是一個樣子。
沒有最好的真朋友，也沒有最差的假夥伴。
真正的朋友，就如同每天早上的鬧鐘，
即便你對它又愛又恨，可就是離不開它。
你生命中有兩個離不開你的朋友，那就夠了。

前幾天，熱鬧小姐給我打電話，問我近況，我說忙到瘋，但是喜歡這個狀態，身邊朋友也各有各的事。一不小心講多了沒注意到往日那個長舌鬼竟然一直沒講話，我頓了幾秒，然後「喂」了聲。

熱鬧小姐是個party queen（派對女王）。倒不是說她在每一個局上都能美到天翻地覆、強大的氣場成為眾人焦點，而是說她總能炒熱每個局的氣氛，讓陌生人前一秒還在故作矜持地說「不好意思，我不能喝酒」，下一秒就勾肩搭背放浪形骸地大吼「給老娘倒酒」。自然而然她就成了朋友們組局的橋梁。在KTV就站在茶几上主持各種怪力亂神的遊戲，到了酒吧就喝得七葷八素拉著男男女女跟同志搶鋼管，加上她嘴皮子溜，永動機的性格便擁有了一大票摯友。

那段時間，我跟著熱鬧小姐生活得非常「酒池肉林」。她幾乎只要踏上三里屯太古里，就能隨便在路上碰上一打熟人；隨便進家酒吧，老闆就能殷勤地打個小折；更神奇的是，幾杯酒之後她絕對能跟以我們為圓心，周圍一圈的鄰桌客人打成一片；結束後去她家附近的燒烤店覓食，不用招呼老闆就知道她忌口什麼，愛吃什麼。好幾次因為喝昏了去她家借宿，她的室友也並沒有因為她帶了個男生回來而顯得多尷尬，而是嫻熟地把沙發騰乾淨給我睡。

我覺得，全世界，包括地上的花花草草都是熱鬧小姐的朋友。

有一次我們玩遊戲，輸了的懲罰，是給大家任意指定的通訊錄聯絡人打電話，並且讓對方在不知情的情況下說出大家設定好的關鍵字。我輸了幾次，因為通訊錄人少，所以來來回回選中的都是些還算熟的人，但局促地掛掉電話後，臉也紅了大半。輪到熱鬧小姐的時候，我才發現她的通訊錄怎麼翻都翻不完，就算特意在幾千個聯絡人中選了些「××總」、「××師傅」，她也能氣定神閒地與他們談笑風生。

有時候還挺羨慕她的，那些對我來說可有可無的人，都能成為她生命中的好友。就算沒有費力去維繫朋友的關係，她也能成為交際網路的中心。

不過，事情在去年春節的時候拐了個彎。熱鬧小姐的爸爸風溼病加重，大年三十被送進醫院，之後的半個多月都窩在床上，下地走路都困難。她爸媽婚離得早，很久以前她就習慣照顧爸爸了，只是這次回去，周遭的親戚跟約好似的冒出許多閒言碎語：「老頭兒身體不好，做女兒的還在外面拚命地玩，快三十了也沒嫁人，該盡孝的時候看她能給她爹拿多少錢出來。」好在熱鬧小姐白眼翻得倒挺實誠，倔脾氣沒人能降得住她。

但春節回來之後，熱鬧小姐就不熱鬧了。

她把那些鑲著鉚釘和鑽片的衣服褲子都扔了，再也不在晚上化妝出門。經紀人的工作也辭掉了，改行去了家前景甚好的房地產公司做策劃。朋友圈分享的不再是霓虹與酒杯，而是自己做的菜、加班夜裡孤單的辦公室和一些矯情的句子。直到連我約她好幾次都被以加班的名義拒絕之後，我終於忍不住直接去她家，把她拖進了常去的燒烤店。

我把幾瓶真露堆到她面前，激她：「你真不太適合走我們這種文藝青年的路子。」

起初她還給我扮演端莊少婦不肯喝，在我仰頭三大杯直接先把自己灌懵之後，她才放下戒備輕撞了一下我的酒杯，大口吞了下去。

後來她喝醉了，哭得梨花帶雨。她靠在椅背上，說：「我爸那腿，得治，不然以後都走不了路了。家裡親戚盯著，我一點都不怕他們說我的不是，我就覺得特別對不起我爸，一輩子都孤孤單單的。我這些年沒存什麼錢，都給自己開心了，現在想找朋友借一點，沒一個人肯拿錢出來。你知道嗎，真正的孤單不是只有你一個人，而是到頭來你發現，明明你身邊有很多人，卻走不進任何一個的心裡去。我只是單純地想對每一個人好，但每一個人好像都會覺得他們對我來說，不重要。」

或許真的是這樣。

所有人都覺得平日裡呼風喚雨的熱鬧小姐，在她悲傷的時候，一定有人安慰；在她需要幫助的時候，一定有人可以伸出手；在她想要戀愛的時候，一定有人可以愛。於是沒有誰，能夠想到其中的不一定。

就像每一次興奮的吃喝玩樂最終都以忘記說再見的渾噩結局收場。陌生人跟朋友唯一的區別是，後者需要在乎。這也就是為什麼遇見很多人，最後真正停留在你心裡的，只有那麼少數的一兩個。友情跟愛情一樣，都需要彼此認同，你喜歡他，是因為他跟別人不一樣，他跟你在一起，是因為你對待他，跟別人不同。

當初一直跟熱鬧小姐膩在一起的那些人，最後都散了，他們沒有因為她的反常而過多問詢，只是知道她現在挺好，也就無牽無掛地離開了她。

回到開頭熱鬧小姐給我打電話的事。

我手心已經有些出汗，換了隻手拿手機，不管她一聲不吭，自顧自地說：「人的情感是有限額的，不可能照顧到身邊所有人。你對所有的朋友都是一個樣子，那所有的朋友對你就也是一個樣子。沒有最好的真朋友，也沒有最差的假夥伴。真正的朋友，就如同每天早上的鬧鐘，即便你對它又愛又恨，可就是離不開它。你生命中有兩個離不開你的朋友，那就夠了。」

我沒想要把熱鬧小姐說哭的，但那天她就是忍不住，一哭解千愁。

越害怕什麼，什麼就越會在生命中出現。你的每一個正反面的感受都能成為你今天的人生。我想熱鬧小姐努力成為中心，只是因為對自己不夠自信，才熱切需求所有人的目光與回應來證明友情，證明自己不孤單。

但真實深厚的友情從來就不需要熱鬧的假象。

青春的情情愛愛總是不完美的，但這也給你心中裝了一個天平，看看誰對你而言是最重要的，好讓你專心對他好，從而變成更好的你們。

故事的結局，熱鬧小姐刪掉了許久不聯繫的通訊錄聯絡人，約了常玩的幾個朋友

去她家做飯吃，順便把自己接的一個地產項目分享給大家，集體「頭腦風暴」。我想，等到她明年春節回家，儼然一副女強人的模樣，應該會讓爸爸和那些親戚都驚呆吧。

這樣多好。

地球圍繞太陽轉動，故事卻在這顆星球上發生。願你成為故事，而不是太陽；願你成為別人任何時刻都可以投奔而去的人，而不是只為消遣漫漫時光的工具。

插畫 3D

不怕面對陰影，因為知道身後有陽光。

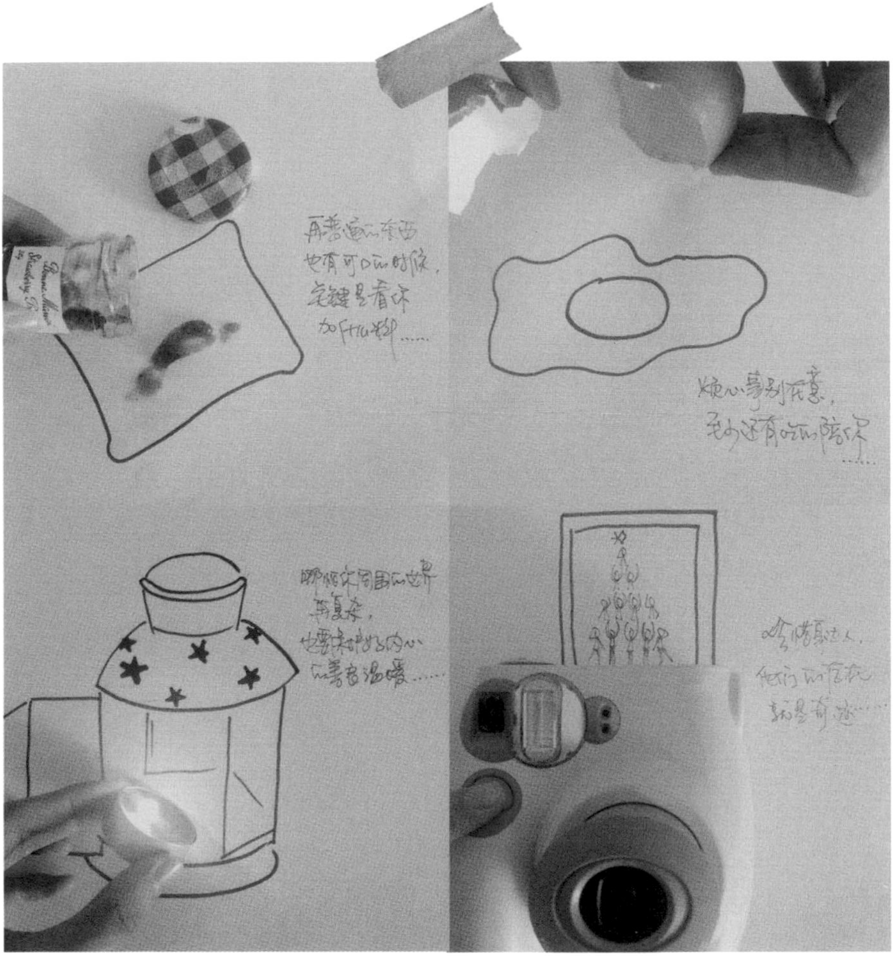
再普通的东西
也有可口的时候,
关键是看你
加什么料……
烦心事别在意,
至少还有吃的陪你……
哪怕你周围的世界
再复杂,
也要守护好内心
的善良温暖……
他们的存在
就是奇迹……

但要知道如何
治癒自己……
生活需要不同的味道，
才能碰撞出驚喜……
剪斷那些糾結的煩惱，
給自己的生活一片晴朗……

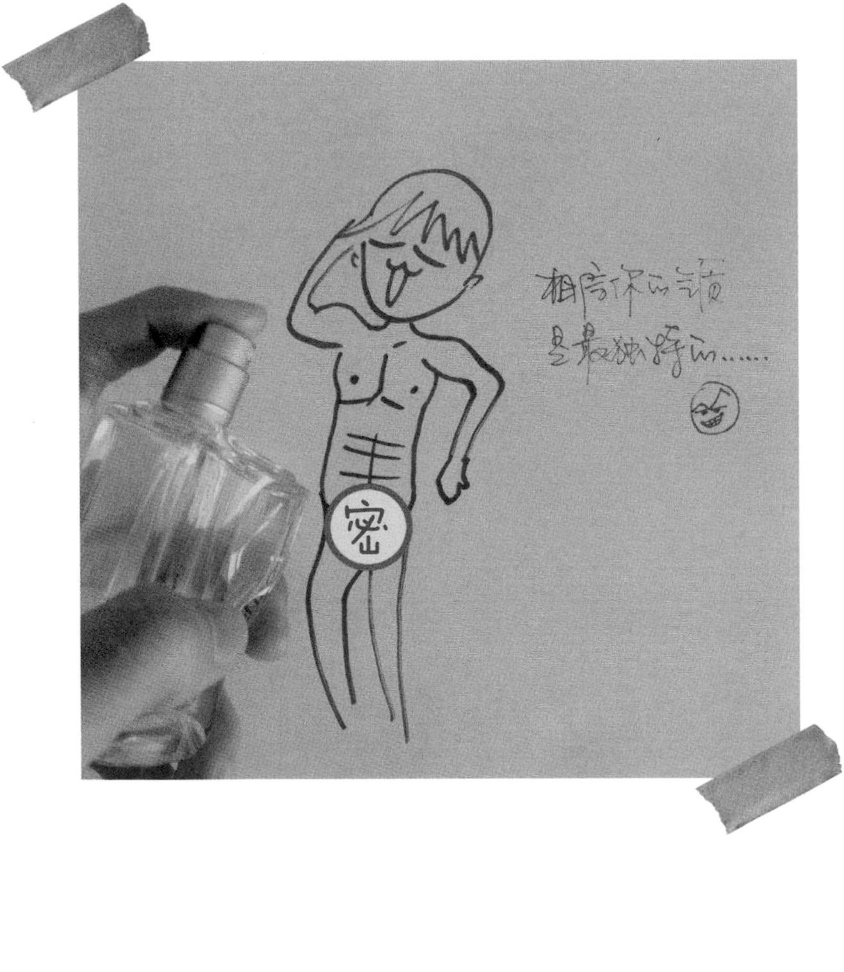
密
相信你的
是最獨特的……

插畫

愛自己

沒有什麼比愛自己更重要了。

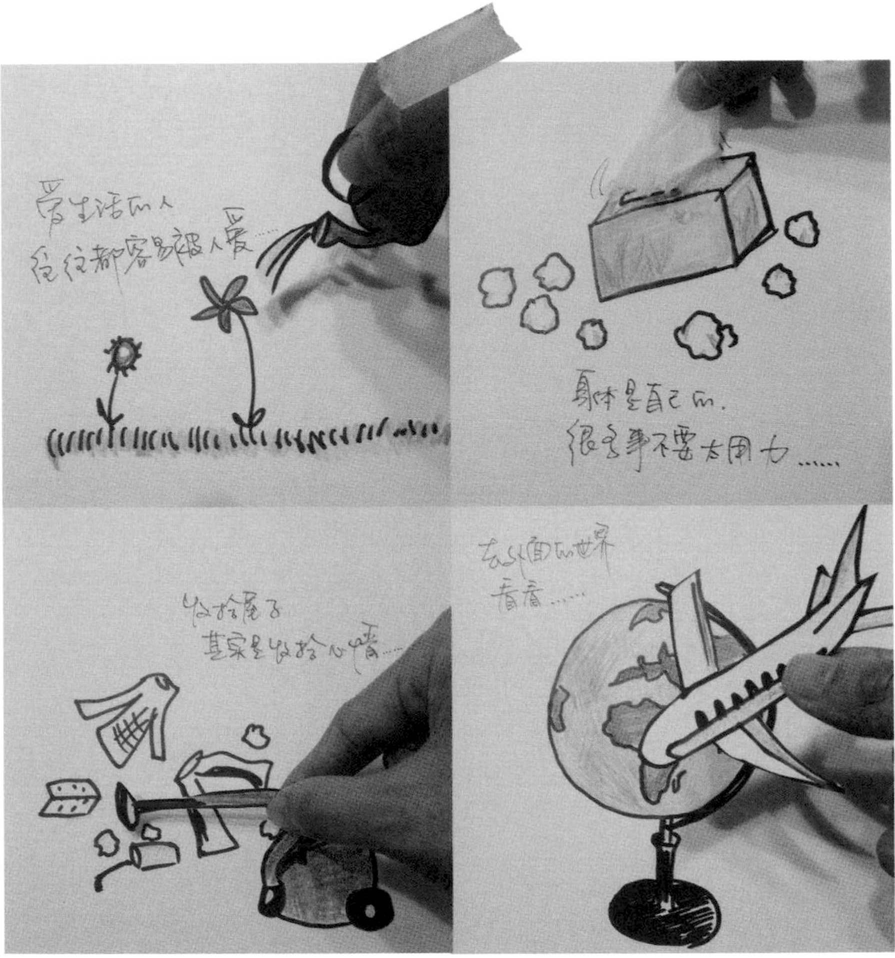
愛生活的人
往往都容易被人愛……
身体是自己的，
很多事不要太用力……
收拾房子
其實是收拾心情……
去外面的世界
看看……

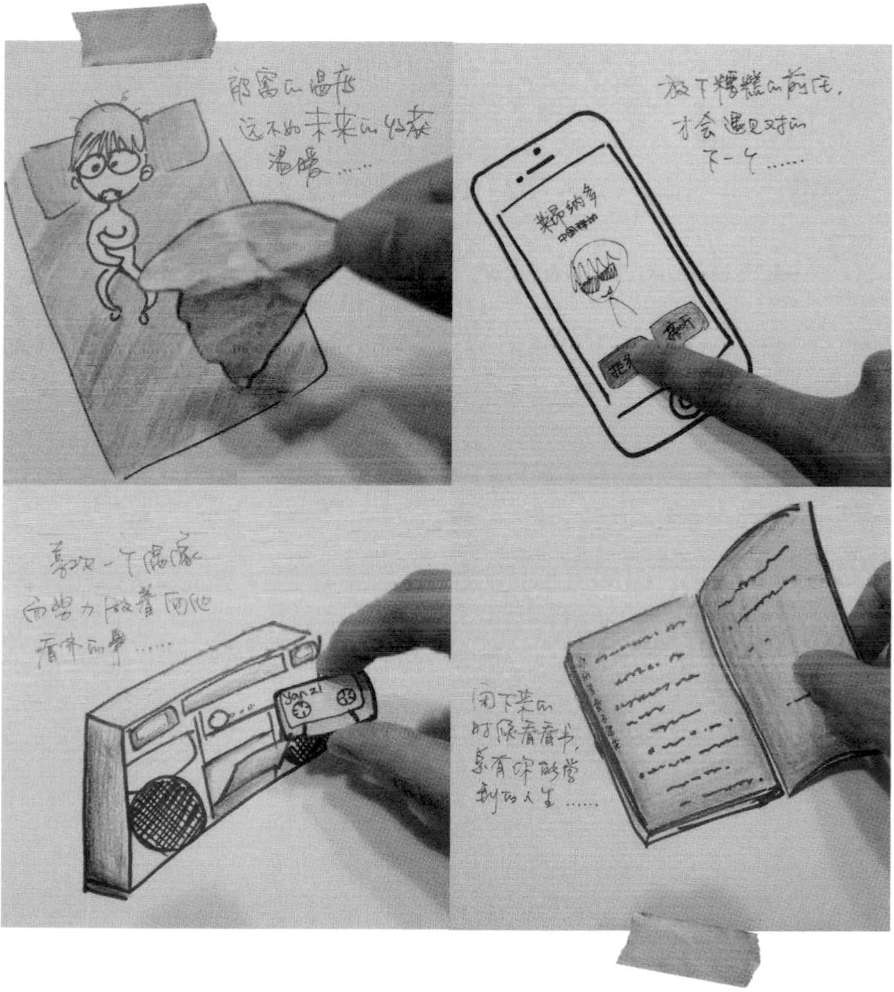
那窝的温度
远不如未来的怀抱
温暖……
放下糟糕的前任，
才会遇见对的
下一个……
莱昂纳多
中国移动
拒绝
接听
喜欢一个偶像
而努力做着同他
看齐的事……
Yanzi
闲下来的
时候看看书，
总有你能学
到的人生……

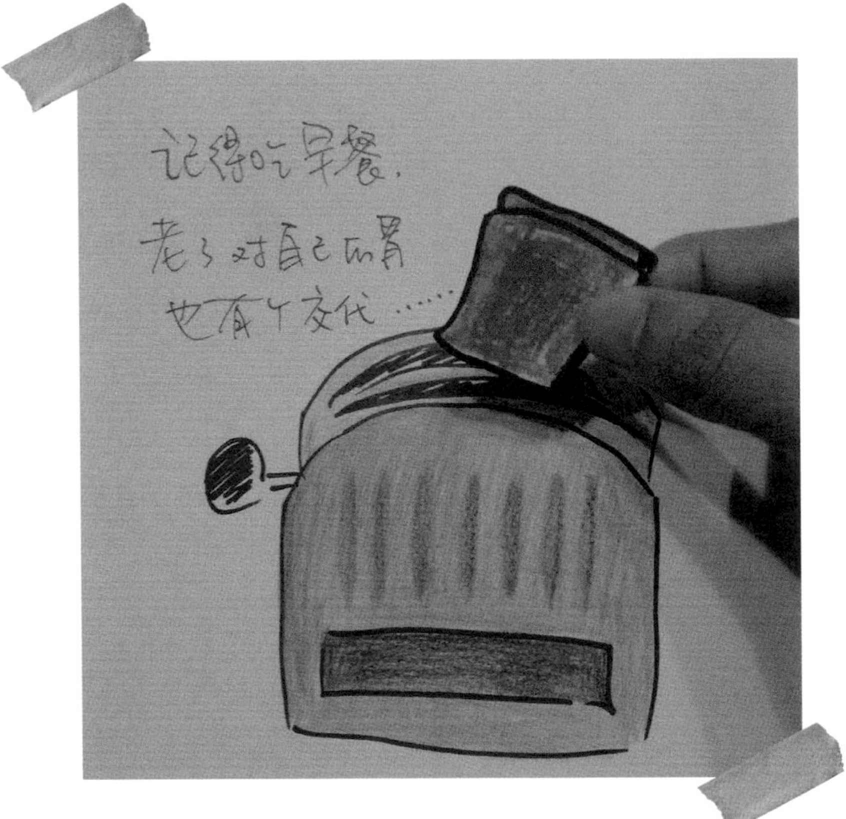
记得吃早餐，
老ㄋ对自己的胃
也有个交代……

依賴那座名叫自己的島嶼

身邊的人、事大多存在變數，
你根本無法知曉
此刻的擁有下一秒是否還存在。
最穩定的安全感，
其實是對自己的依賴。
你要尋的那座島嶼，就在自己的心裡。

我們每個人的人生就像在海上航行，看到過無數海島翩然擦過，終於遇見一座想占為己有的，便拋錨上岸。我們在這座島上過活，不懼怕風險在岸邊垂釣，用炮叉獵鯊，即使遇見風暴也不慌不忙地繫起纜繩，因為我們知道，轉身就可以躲進島中心避難。那座島，就是我們依賴的人。

依賴先生說：「我這一生最沒辦法回避的，就是別人對我的需要。」

依賴先生應該算個正經八百的娘娘腔，看過無數遍《新白娘子傳奇》和《還珠格格》，走火入魔到把捲筒紙披身上cos（扮演）白素貞，把沙發墊頂頭上當格格的旗頭。上學的時候喜歡看少女漫畫，每個月準時跟女生擠在書店搶購漫畫雜誌，雜誌附贈的物品粉嫩地堆滿了兩大櫃子。更過分的是，他從來不跟男生打球，而是跟三五個女生在一起討論昨晚八點檔的劇情。在我們所有人眼裡，他日久必彎，但他在大學四年交了八個女友的光榮戰績徹底讓我們傻了眼。

而和這八個女友分手的原因，都是因為女生受不了他太依賴她們。

他的人生簡歷，我起初也只是聽說，要不是最後成了朋友，也驗證不了他這依賴人的頑疾。

我在北京有個高學歷朋友圈，成員都是一些清華、北大、傳媒之流，依賴先生是其中一個編劇。當時我們立下了規矩，就是內部不得互相勾搭，所以哪怕圈內都是苦命的單身男女也不會偷吃窩邊草。

但後來，這個規矩被依賴先生打破了。

依賴先生跟我們圈子裡的一個女會計住在同一個社區，兩人相交甚好，不知從哪天開始，女會計開始在微博和朋友圈分享各種早餐，三明治、煎蛋、牛奶麥片每天都不重複，而依賴先生則經常放一隻薩摩耶的照片。我們都以為是女會計找了個保母，依賴先生買了隻跟女會計家裡那隻很像的狗，但真實的情況是，依賴先生每天早上六點準時

去遛女會計家的薩摩耶，然後再回來給她做早餐。他們沒有戀愛，女會計有喜歡的人，只是依賴先生單方面犯賤罷了，我單獨問過他，他回答得模稜兩可，他說：「或許我喜歡的不是她的人，而是跟她在一起的感覺。」

後來，這個女會計找了個廣州的男友，狠心棄依賴先生而去，也漸漸退出了我們的圈子。依賴先生沒有太難過，只是感覺心慌，因為有好幾次，當他早上六點習慣性地準備敲女會計家的門時，才反應過來，對方早已經搬走了。

曾經從他心上搬走的還有他媽。

嗜賭成命，是他對媽媽印象的所有概括。媽媽很愛打麻將，下了班準時去茶樓蹲點，後來還直接把工作辭了，專職打麻將，一天下來帶著滿身煙味跟他爸要錢，為此，兩口子吵了不少架。在依賴先生初三的時候，爸爸終於受不了跟她離了婚。自此以後，媽媽就消失了，直到依賴先生在大學寫專欄拿了稿費她才出現，但竟然荒唐地堵在寢室門口問他要錢。漸漸的，他也放棄了這份愛，但正是愛的缺失，造成他沒有安全感的痼疾。

說起安全感，那八個女友裡面，說到底他真正愛的也就兩三個，其餘都是他不甘寂寞找的情感依託而已。他需要有人陪在身邊，生活才得以持續，很多事一個人做不了，就像小時候女生都習慣結伴去上廁所一樣。

女會計的事過去之後，依賴先生琢磨著搬離這個社區，前前後後跟我們提過幾次搬家的事，還打算跟一個主持人朋友合租，因為一直找不到合適的地方所以就擱置了。

突然有一天，他決定跟主持人搬到離自己住處不到一公里的新社區，說樓下的美食街是吸引他搬去的主要原因，當時我們就奇怪他什麼時候對吃這麼情有獨鍾了，這只能怪我們太愚鈍。朋友中有個網站編輯在他們隔壁戶，這個女編輯最大的特點就是獨具人格魅力，出口成章，而且還燒得一手好菜，依賴先生便常常拉著主持人去她家蹭吃蹭喝，順便接受精神洗禮。當他煞有介事地跟我們強調吸引力法則有多麼重要的時候，我們集體嗆聲說他完全是被女編輯吸引才搬了家。

事實也是如此。

依賴先生這次學乖了，在他能感覺到女編輯對他只抱有摯友般的客氣後，不敢越過界限，朋友般依賴著她，對她好，就足夠了。有一次，依賴先生幫女編輯寫了篇通稿後，兩人情緒激動，便拉著主持人一起去後海喝酒。那晚他們都喝多了，但只有依賴先生醉了，回到家後，主持人洗漱完就進了房間，依賴先生卻覺得心裡空落落的，一個人窩在床上聽掛鐘滴答的聲響，酒精的怪力讓他閉上眼就能看見女編輯的模樣。最後他忍住了跑去隔壁戶的衝動，只是低調而溫柔地給她發了條簡訊，他說：「我想你了。」

後來事情的發展跌破所有人的眼鏡。

女編輯和主持人在一起了。女編輯生日宴散場那晚，依賴先生在家裡給他們下餃子吃，他樂在其中地在廚房裡做著愛心消夜，卻不知倒在臥室床上的兩人已經偷吻了對方。知道他倆的事情後，他在電話裡跟我哭了很久。我說：「你一大男人沒人賴著了你就哭，你能不能有點出息啊？」他倒是委屈，哽咽著說：「我只是無法停止自己對喜歡的人好，難道這是我的錯嗎？」

這個問題當時難住我了，後來我也慢慢找到了癥結所在。

依賴，其實是一種情感的歸屬，這種歸屬，會讓人在感情裡做弱者，依賴先生便是這樣，哪怕很多事一個人力所能及，也必須兩個人才得以完成。其實不過是為了證明自己在對方心裡有多重要而已。

他的這種依賴不是說多麼喜歡對方，而是喜歡兩個人吃飯，兩個人打電話，兩個人看電影的形式而已。一個走了還會有下一個，如果不能醒悟在這段關係裡自身的重要性，就永遠會找一個能夠給他安全感的替代品。

依賴先生實在不想再充當他們的電燈泡，便向我來討治癒的良方，我連矇帶騙把他一個人送去了東南亞自由行。到了越南的第一天，他就躲回酒店給我發微信求救，說他語言障礙不知道去哪兒玩，我嗆他說：「把你小時候扮小燕子那股目空一切的大智若愚拿出來。」他悻悻掛斷了電話，然後神奇地消停了一個月。

一個月後，我們給依賴先生接風，飯桌上都在聽他分享各國的奇妙見聞。我好奇他是怎麼辦到的，他說：「在那個環境下，誰都不認識，你不逼自己一把，就玩不出個所以然來，一個人吃飯、逛街、游泳、去酒吧，感覺世界並沒有因為沒人陪伴而變小，反而變大了。」

在這之後，依賴先生在北京組了個編劇團隊，靠著圈子裡的人脈案子接不斷，有時候忙得連聚會都不參加。他現在生活的重心不是為了別人，而是把賺錢放在第一位，專心自在地對自己好。

起初我以為這是旅行帶給他的獨立，後來才知道，在回國前一晚，他在芭堤雅酒吧認識了一個紐西蘭的華裔，兩人一見如故，彼此約定為自己奮鬥，於是談起了最不讓人省心的異國戀。

但我仍然覺得他變好了，至少他沒有隔三岔五地吵嚷著要飛去紐西蘭。

身邊的人、事大多存在變數，你根本無法知曉此刻的擁有下一秒是否還存在，最穩定的安全感，其實是對自己的依賴。你要尋的那座島嶼，就在自己的心裡。

CHAPTER 16

世上所有的堅持，都是因為熱愛

我們現在所經歷的迷茫和窘境，
其實就歸咎於過去不願面對的改變
或多年來不曾根治的惡習。
如果因為做一件事而無法堅持，
那麼到了二十多歲
需要對外界承擔一份責任時
就欠自己一個交代。

上個月，朋友跟一個大佬級別的經紀人吃飯，把我順道捎上了。剛一落座，那個大佬就講起前段時間去美國旅行的經歷，勸我們好好打拚，爭取今後能到那個自由的國度去看看。聊了一會兒見他的朋友還沒到，就斟滿茶水，給我們講了一個故事。

他說：「我們每個人身體裡其實都裝著一個宇宙。」

阿Ken是個香港人。

因為一直懷抱著內地夢，於是從港大畢業後，他拒絕了香港公司的offer（工作），直接投奔成都。張藝謀說成都是一座來了就不想走的城市，受他影響，阿Ken對這座城市情有獨鍾。

故事的開始就發生在這裡。

來成都的前兩年，阿Ken全然陶醉在自己的遊客身分上，靠著家裡的錢吃喝玩樂。他異常鍾情於火鍋，幾乎隔兩天就會吃一次，還必須是牛油鍋底，辣到嘴巴紅腫滿身大汗才能爽快。最好笑的是，他還喜歡上了打麻將，成都的麻將叫「血戰到底」，一桌四

人和到最後一人為止，他說這種暢快淋漓的「廝殺」打牌方式非常帶勁。這份比成都人都還愛成都的情懷，讓阿Ken短時間內就交到一幫摯友。

到了第三年，阿Ken敗光了家裡給他的錢，回頭看身邊的人都在各自的崗位忙碌，才從桃花源裡醒了過來，開始考慮生活的問題。對一個普通話還說不標準的香港人來說，找工作其實不易，多次碰了壁，最後因其是藝術設計畢業生，經朋友介紹進了一家婚紗店設計婚紗。

一晃又是兩年。二十六歲的阿Ken從剛進店的學徒到自己動手設計婚紗，看似步履不停，卻遇見了自己的瓶頸，店鋪不大，生意也就還好，況且因為放不下面子的緣故，有些單子還得讓給另一個女設計師。那個時候，他騙家人說他在一家外企上班，小日子過得紅紅火火的，但實則底薪加提成，一個月下來也就只能解決溫飽，根本攢不下錢來，手裡靠兩張信用卡，拆東牆補西牆勉強過活。為了省錢還時常逃掉朋友組的酒局和出國旅行，漸漸地朋友也少了。他最喜歡做的事情變成下班後宅在家裡枯燥地上網、寫部落格。

真稱得上窮困潦倒。

二〇〇八年汶川地震的時候，阿Ken接到了筆大單，說是那個要嫁人的富二代是阿Ken部落格的忠實粉絲，點名要他設計的婚紗。第一次見面溝通被對方邀去仁和春天頂樓的咖啡館，他絲毫不敢怠慢，打扮得油光鋥亮地去了。

還沒來得及消化女生的勁爆身材，就地震了。當時大地就像哀號似的，天瞬間暗了下來，所有人都瘋了，四處亂竄，尖叫聲和杯子的破碎聲此起彼伏。

阿Ken想都沒想，拉起女生就往緊急通道跑，女生嚇得一邊哭一邊叫，高跟鞋都跑掉了，於是他不管人家同不同意，直接攔腰把她扛了起來。小小的樓梯間止不住地晃悠，天花板一直在落灰。那種恐懼，看客們無法感同身受。

兩人安全到了街上，外面黑壓壓擠滿了人。女生下了地站不穩，整個人就癱在阿Ken身上，他當時非常尷尬，因為她的胸，真的太大了。

後來事情的發展非常順天意，女生逃了婚，跟阿Ken好上了。但女方的家長一直對他耿耿於懷，見面聊了工作後更是戴上了有色眼鏡，「不可能」三個字給了他們這段戀情最好的回應。

地震後餘震不斷，整個城市都人心惶惶的，阿Ken一慌神不小心向媽媽說漏了嘴，讓家裡人知道他在婚紗店工作，於是家裡人堅決反對，勸其改行。面對家庭和愛情的壓力，他感到前所未有的彷徨。

好在那個大胸女生是個典型的「我喜歡誰關你屁事」的白羊座女孩，瞞著爸媽偷跑去阿Ken的店裡，一有機會就給他加油打氣。久而久之，他被女生感染，於是重新振作，跑去女生家立誓說，給他一年時間，如果還是沒有改變，他就放棄女生。

說實話，這份衝動不全是女生給的，而是他真心覺得自己在設計這塊可以搞出名堂。他從未想過離開這座城市。而愛情給他最好的助力，就是有了責任以後，自己的行為不會太荒唐。

阿Ken說他有次無意看了張藝謀的一個採訪，張藝謀說當初拍《活著》的時候，他可以跟葛大爺談劇本到凌晨三、四點，葛大爺撐不住睡著了，他就看著身邊的工作人員誰眼睛還睜著就跟誰說。跟張藝謀合作過的人都說他精力特別旺盛，一進攝影棚就亢奮。

亢奮絕對是做一件事最源頭的動力。

就好比習慣早起的人，拉開窗簾後看見藍天白雲就莫名興奮，廚師看見食客狼吞虎嚥地吃自己做的菜心裡就覺得異常滿足，攝影師遇見一個好模特兒，一股腦拍完才發現自己滿身泥濘。

懷著這份心情，阿Ken花了半年時間，讓自己徹底愛上畫婚紗，然後沒過幾個月，他就被一個國內知名的獨立設計師團隊挖去當設計總監，北京、成都兩地飛，加上自己是香港人的優勢，讓內地的客戶有種國際化的歸屬感，賺得盆滿缽滿。

再問女生他們的戀情如何歸置時，對方卻說她要移民了。

事已至此，阿Ken沒有多挽留。在雙流機場跟她告別時，女生抱住他的脖子，在肩膀上狠狠咬了一口，說放棄她吧。阿Ken沒有回答，只是拍拍女生的背，像是安慰。

成都剛進入夏天，一切都變得慵懶且隨意，讓閒適的節奏更添幾許，只是地震後的天府之國，鮮有藍天，每天都是霧濛濛的。女生走後，阿Ken經常去

他們相遇的咖啡館小憩，想起當初他扛著女生逃跑的畫面，覺得又可笑又勵志。

這些年，他們靠手機聯繫，有時候實在忍不住了，阿Ken會飛去美國找她。於是不管女生之前是刻意不回短信還是一而再再而三叫囂著分手，見到他後必會以纏綿代替。來來回回幾次，女生的父母只好睜一隻眼閉一隻眼，默許了他們這段異地戀。

直到二〇一一年底，女生突然跟阿Ken說她訂婚了，這次是她喜歡上對方，逃不了搶不了。不信邪的阿Ken飛過去想弄清事情的原委，結果出了機場，就看見那個所謂的未婚夫在賓利車裡等著他，然後非常友好地帶他去參觀自己的製藥廠，吃了當地最昂貴的西餐，並承諾會愛她一輩子。如同坐了一次跳樓機（自由落體），心情直上直下，阿Ken面如死灰地默默飛回國。

女生結婚之後，因為老公抽大麻鬧得有些不愉快，她找過阿Ken幾次，但阿Ken的手機號成了

空號，一切聊天軟體的頭像都是黑白色，問身邊的朋友，也說他就跟消失了一樣杳無音信。後來，她老公的製藥廠被警方查出來做毒品加工，背後竟牽扯起由她老公牽頭的國際販毒鏈條，女生被證實清白後嚇得跟他離了婚，跟家人搬到新澤西州的一個小鎮上生活。

故事到這裡暫且畫上句號。

經紀人大佬抬手跟前來的朋友打招呼，等到那個穿著風衣的男人一落座，我跟朋友驚著了，那張臉做為金牌影視製片人經常出現在新聞上。經紀人大佬簡單介紹了他，除了投資影視，他還有自己的服裝品牌，就連去年雙十一淘寶流量最高的那家護膚品店也是他的。

我跟朋友默默在旁邊聽著他們的談話，風衣男一直在詢問人才輸送和綠卡的問題，看樣子是準備移民。經紀人大佬打趣說他堅持了這麼久終於可以過去了。起初我倆不明白，後來走的時候，他輕輕在我們身邊說：「他就是阿Ken。」

那晚我失眠了，想到阿Ken消失的那兩年，一定做了最大的堅持，如同當初堅持設計婚紗一樣，堅持讓自己更有能力去追回那個女生。

我們現在所經歷的迷茫和窘境，其實就歸咎於過去不願面對的改變或多年來不曾根治的惡習。如果因為做一件事而無法堅持，那麼到了二十多歲需要對外界承擔一份責任時，就欠自己一個交代。

我相信，阿Ken去了美國後，一定會在新澤西州跟女生相遇。上天會給勇敢的人最好的福氣，好彌補他們動盪的那幾年離合，也證明他當初的堅持，沒有讓自己的後半生有絲毫悔意。

別給自己找太多放棄的理由，因為比你好的人還在堅持。而這個世上所有的堅持，都是因為熱愛。

祝我們再遇見，都能比現在過得更好。

人生中那些捨不得的東西

好像總是這樣，
有了自己的世界後，
親情需要被隨時提醒。
看見故人去世才感嘆家人老了要多多陪伴；
看見一篇文字、聽見一首歌，
才會幡然醒悟自己對家人是不是做得不夠好。
或許我們只有真正失去了，
才會懂得那些一輩子捨不得的人，
心裡的擔憂和悵然。

人一生會擁有太多東西，但衣櫃容量有限，抽屜容量有限，心的容量也有限，所以需要經常來騰空一些位置，讓新的進來。但有些人，衣服穿舊了，東西用壞了都捨不得丟，心裡實誠地放著一個人，容不得虛擲。

捨不得先生說：「東西和人一樣，待在身邊久了，自然就處出了感情。」

四歲那年，捨不得先生把我從四川達州的小縣城接到了成都，那是我第一次離開父母，也是第一次看見城市的樣子。捨不得先生的公司給他配了套房，門前有密密麻麻一排叫不出名字的花，那個時候，我在屋裡的大理石地板上打滾，趴在窗檯上看天，感覺雲是可以摸到的，空氣也都是香的。

捨不得先生是個天生的藝術家，他寫得一手沒練過卻筆跡娟秀的毛筆字，他會用廢棄的硬紙片訂成一本簿子，寫上字給我當生字卡，以至於我在上小學一年級的時候，就已經認識了幾百個生字。某天看見他書桌玻璃板下壓了一張老虎圖，我以為是他把客廳

的日曆給剪下來了，結果他告訴我是他畫的，沒學過畫畫卻懂得用水粉，更誇張的是老虎身上細緻的白色毛髮都是一筆筆勾出來的。除此之外，我十歲之前的頭髮都是他給我理的，每本新書的書皮都是他給我包的，養倉鼠的小窩是他給我搭的，就連自行車、檯燈、計算器壞了，也是他給我修好的。

他擁有一切我無法企及的能力，活脫脫一個現實版的哆啦A夢。

在父母來成都之前，我跟捨不得先生一起生活，所以建立了非常深厚的革命情感。從尿床後他給我洗床單，每天帶我去樓下晨跑，輔導我寫作業，用口水給我塗蚊子咬的包，到看電視的時候給我摳背，以及不厭其煩地餵我吃飯，捨不得先生的教育方法絕對是溺愛型，但好在我沒有恃寵而驕。

說到吃，不得不說一下捨不得先生的倔脾氣。他不喜歡下館子，每當我在他面前說到在外面餐廳吃到的菜時，他總能默默記著，然後想盡各種辦法學會那道菜，頓頓都做給我吃，以至於從小到大我的主食就是各種啤酒鴨、炒蝦、水煮魚等高油量大菜。六年級畢業後，同齡人都有了審美，當自己因為體重被取了各種綽號後，才意識到吃這些大菜的罪惡。

初二那年，父母在成都買了新房子，我自然要離開捨不得先生跟他們一起住，但好在離他家也就半小時車程。還記得搬新家那天，捨不得先生給我打包行李，他從床底下拉出來一個鐵箱子想讓我爸帶上，我打開一看，裡面裝滿了小時候玩的玩具和不穿的舊衣，我嗆他說沒用的東西就丟掉吧，他倒是執拗，搶回鐵箱說：「那我先給你保存著，

等你老了看到這些可全都是回憶。」

他捨不得的還有很多，比如那本已經被我畫花了的生字卡，他至今都墊在自己枕頭底下；比如那把給我理了好多年頭髮的剃刀，上了初一後我再也沒有讓他給我理過頭髮，每次從外面理髮店回來他總是怪我媽，說頭髮理得不好看，為此我還跟他鬧過彆扭。爸媽買了車後想帶他去外地逛逛，他偏說費油，不如在自己的「桃花源」裡自在，還有他給我做的每一道大菜，自己都捨不得動一下筷子，以及這麼多年，我犯了大大小小的錯誤，他也捨不得罵我。

脾氣倔，對吧。

高三那年是我的黑暗奮鬥期，每天睡五小時瘋狂背書。捨不得先生怕我媽照顧不好我，便每天走幾公里路來我家做飯，讓他就在我家睡，他不肯，開車去接他也不願意，胸有成竹地說每天早上五點起床鍛鍊身體這點兒路不在話下。

第一次模擬考成績下來後，危機感化成了徹頭徹尾的壓力，我坐在凳子上看著肚子隆起的幾層肉心煩，偏偏這時捨不得先生又端上來一滿碗自己包的包子，我腦袋一熱便拿他出了氣，嚷嚷長這麼胖都是因為他給我吃太好了，明明不想吃，還偏給我做，沒人喜歡胖子，老天才不會給一個胖子任何機會。這一鬧，把捨不得先生直接嚇回了自己家，一個星期都沒出現。我心裡對自己也怨懟，但就克制不住，那幾天，眼淚嘩嘩地掉，感覺差不多把後半生的都流完了。

後來因為朋友的外公去世，葬禮上我看著賓客圍著水晶棺裡的老人轉著圈默哀，一下子心慌了，跑回捨不得先生的家，狠狠道了個歉。

高考結束，成績還算理想。還記得剛上高三的時候，家裡人就討論過報志願的問題，幾乎一致建議我就留在成都，唯獨捨不得先生高調支持我去北京。填志願之前，他專門找過我，語重心長地告訴我那個城市才能裝得下夢想，他說自己年輕時在戰場上立了功，回來就被派到北京，他喜歡那座城市，事業也順風順水，但為了把一家人的戶口從村

裡遷到城市來，不得不回了四川。

驚訝這段經歷之餘我故意嗆聲：「怎麼，你捨得讓我一個人去北京啊？」他說：「捨不得啊，但也沒辦法，覺得欠著你，我知道，你怪我從小把你當個女孩子養，把你寵太好，綁太緊，你心裡一定是怨我的吧，所以，走了也好，去看看外面的世界。」聽到這兒，話不多說，我抹了把眼淚就抱住他的脖子一頓哭，覺得自己就是個混蛋，越是被給予太多愛，越是不著調地埋怨。

最後，我還是去了北京，但心裡暗自起了誓，一定要把捨不得先生拽上飛機，讓他回一趟北京。

來北京的第一年挺順利，工作和寫作都風風火火的。聽我媽說捨不得先生幾乎走哪兒都把我的書帶在身上，儘管他根本看不懂，還總是裝模作樣地拿著放大鏡來回讀開頭那兩行，高度總結出這是講年輕人的愛情故事。

放假回去的時候，特意去他的枕頭下看看，那本字卡據說被我弟撕爛了，取而代之的是我的書，我說他壓在枕頭下睡得不舒服，他偏要放著，我只好哭笑不得地又給了他幾本，把枕頭墊墊平。看著家裡被他補過好幾次的皮沙發，用了幾十年的玻璃櫃，書桌下面那幅褪了色的老虎圖，時間好像沒走，我還跟那年膩著他的小孩兒一樣。

我跟朋友聊起他時，說他這一生捨不得太多東西，唯一捨得的，就是讓我離開了他。

我跟捨不得先生靠電話聯絡感情，起初是隔天打一次，後來工作漸漸繁重，他打來的時候我不是在開會就是在忙，到現在變成一週一次。但時間久了，每次的話題都圍繞「身體好不好」、「工作忙不忙」、「吃得好不好」，於是我便失去了耐心，連那每週唯一的一次通話都覺得麻煩。只是他每每掛電話之前那句「我聽聽你的聲音就好了」又總是觸到我的神經，然後在心裡把自己罵上一萬遍。

好像總是這樣，有了自己的世界後，親情需要

被隨時提醒。看見故人去世才感嘆家人老了要多多陪伴；看見一篇文字、聽見一首歌，才會幡然醒悟自己對家人是不是做得不夠好。

或許我們只有真正失去了，才會懂得那些一輩子捨不得的人，心裡的擔憂和悵然。現在我一回家，捨不得先生仍會做一桌子大菜，只是味道不那麼好了，因為他總是忘記放鹽。我坐在他身邊的時候，他也總會不自覺地把手伸過來給我摳背，只是沒多一會兒他就低著頭睡著了，我看著他的頭髮又白又硬，像一根根魚線。

電話裡他嗚咽著重複上一次的話題，我在說話的時候還經常「喂」半天，我以為是自己手機的問題，一看話筒聲已經最大，再聽著那一聲聲「喂」，鼻子難免泛酸。

時常想起年少時，捨不得先生碰見熟人常去跟他們握手，我總會沒禮貌地扳下他的手，不懷好意地盯著那些人，捨不得先生哭笑不得。

因為那個時候我心裡覺得，他只能是我一個人的爺爺。

插畫

衛生紙

那些你很冒險的夢，我陪你去瘋。

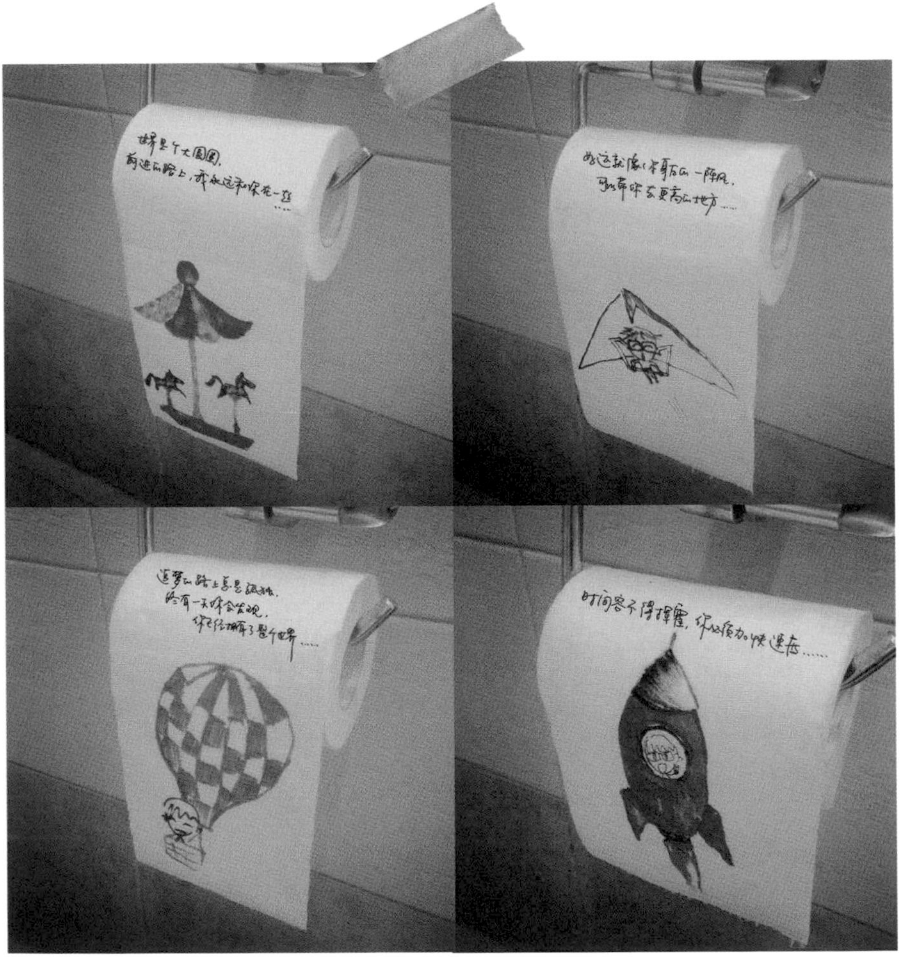
世界是个大圆圈，
前进的路上，我永远和你在一起
……
好运就像你身后的一阵风，
可以带你去更高的地方……
追梦的路上总是孤独，
终有一天你会发现，
你已经拥有了整个世界……
时间容不得挥霍，你必须加快速度……

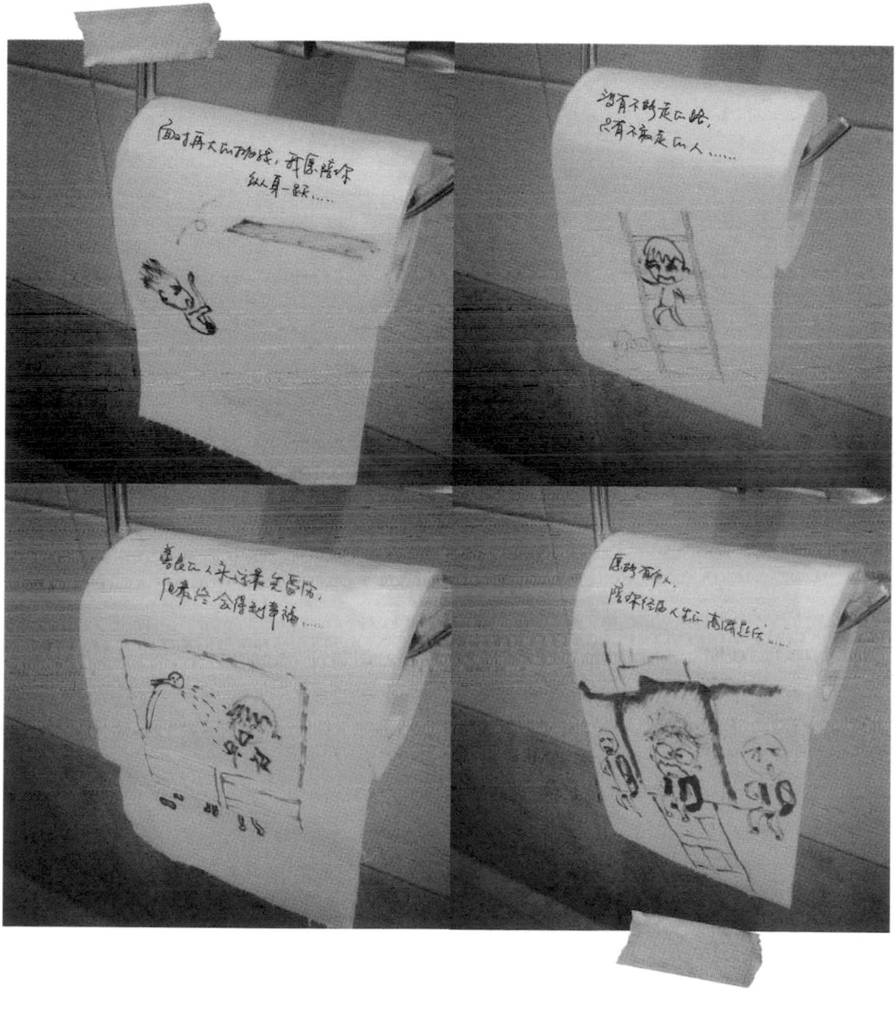
面对再大的挑战，我愿陪你纵身一跃……
没有不能走的路，只有不肯走的人……
陪你经历人生的高低起伏……

生命中每一次或大或小的痛楚，
都将变成未来云淡风轻的微笑
……

CHAPTER 18

學會簡單，其實就不簡單

有人因晴天開心，
因雨天沮喪，
被外界牽動情緒，
靠他人感受幸福，
這些都不能持久，
唯獨自己心裡對自己的認同
才是最牢固的滿足。

這個世界已經足夠複雜，能把繁複的生活過得迷人，把執拗的情緒釋放得平和，不是一件容易的事。學會簡單，其實就不簡單。

簡單小姐人生兩大要義，就是吃和錢，並且毫不避諱地愛它們，因此她說：

「當一個人能把生活目標看得如此透徹和明白，那過程就不會給你太多難堪。」

簡單小姐是我室友一姐們兒，人生履歷精采得出奇。她出身農村家庭，經濟拮据到學費都需要親戚湊，更別提吃得能有多好了，但神奇的是，從初二起她身材就開始走樣，活脫兒變成了滿身「蓮藕」的胖妹，飽受欺負和冷眼。其間用過各種減肥辦法都無果，最好笑的是有一次因為節食第二天體測直接暈在了操場上，然後住院花了家裡幾百大鈔，在家懊悔地哭了好幾天。

可就在暗無天日的時候突然世界裂了條縫，簡單小姐在沒有控制飲食、沒有運動的忙碌高三，體重直線下降，半年減了將近四十八公斤，去體檢說一切

正常。這道陽光一照進來，整個世界明亮許多，她不僅減了重，五官也有了空間炫耀，大大小小的相得益彰，使她恍然變成一個南國小「趙薇」。

在空氣都是油墨味的高三下學期，簡單小姐卻被導演相中進了娛樂圈，拍了部青春片斬獲國際大獎，還跟著導演在新加坡走了紅毯，惹得沒見過世面的同學各種追捧。當時所有人都鼓勵她考北影，加上一窩蜂的贊助商都願意用代言換她的學費，於是簡單小姐的人生軌跡就此轉了彎。

只是這道裂縫被上帝洞開的同時，也留下了說好不好說壞不壞的後遺症。簡單小姐變得特別能吃，而且成了怎麼吃都吃不胖體質，她一天能吃五頓飯，而且狂愛紅燒肉，光用紅燒肉的油湯泡飯就可以吃好幾碗，為此，她的專業老師時常心驚驚。說到大學，她來北京之後，幾乎沒用過家裡的錢，從小鎮過渡到首都，三觀短時間內被重置，她開始漸漸脫離了當初井底之蛙的歸屬感，轉而對城市的霓虹產生興趣，而興趣的終極體現，就是對錢的需要。

至此，一個對吃和錢忠貞不貳的女人，完成終極進化。

大二的時候，簡單小姐被叫去一個古裝戲的組，搭戲的基本全是咖。其中有一個水果衛視出來的小花旦，在觀眾眼裡是個清純的可人兒，實則是個逼格高、耍大牌、嚴重被害妄想症患者，所有人包括她拍了定妝照都很滿意一致通過，可等到開機那天，卻不見她的蹤影，同時遲到的還有簡單小姐。那個小花旦說是因為覺得自己造型太醜躲在酒店房間不願出來，而簡單小姐則是因為還在餐廳啃最後一塊煉奶小饅頭。

於是開機第一天簡單小姐就得罪了劇組，但接下來的事更是讓人啼笑皆非。小花旦經常拍著拍著藉故上廁所然後人就消失了，這可以理解為耍大牌，但簡單小姐這種後輩居然也拍著拍著消失了，不過唯一不同的是，前者是真的失蹤了，後者一定可以在餐廳或者酒店房間的零食堆前找到她。

導演怒斥兩人簡直是TWINS（雙胞胎），組個組合可以讓每個劇組喊祖宗。好在戲已經開機，臨時換人代價太高，最終還是順利拍完了。播出時還造成了小轟動，裡面的女明星接二連三地上了位，耍大牌的小花旦也戲約不斷，唯獨簡單小姐沒什麼動靜，因為導演活生生把她貴人的戲份剪成了宮女。

後來不知道是有人刻意為之還是怎麼的，簡單小姐在圈內壞了名聲，大家似乎把小花旦的「豐功偉績」全加在她身上，三年零戲約，連個攝影機都沒見過幾次，於是漸漸地連專業老師也冷落了她，如同清宮劇裡一樣，她徹底被打入冷宮。

沒了戲約，自然也斷了財路，那段時間，簡單小姐看著戶頭六位數變成四位數三位數，感受到了這個世界的惡意。可以說錢是她生存的安全感，吃是她生活的樂趣所在，沒了那件最結實的鎧甲，就覺得全身都是軟肋，被輕輕碰一下就會骨折。

但是，沒錢並沒有讓她喪失對生活的信心，而是把這個欲望表現得更加淋漓盡致。

她說只有愛錢的人才能得到錢，這是宇宙給懂得堅持的人唯一的回應。她把雜誌上的名車、名錶、包包和化妝品剪下來，貼在牆上，在上面寫上自己的名字，然後每天告訴自己，這些東西都會是她的。這還不止，她會每天早上起來坐在床上假裝握著方向盤，然後左右搖晃說自己在開車。還好這種在我們看來病態的行徑沒有讓她變成一毛不拔的鐵公雞，只是很會精打細算罷了，能花一百的事絕不花兩百，比如

她在地鐵口看上小攤販的藝術擺件，人家開口要兩百五，她還到五十，對方不幹，她瀟灑地甩出五十塊錢說：「就五十，幹嘛，瞧不起人民幣啊！」

起初我們都以為她瘋了，但後來她閃婚嫁給了一個杭州的富商，從此開著豪車，擁有了雜誌上的一切後，我們瘋了。

我室友每每講到這裡是各種羨慕嫉妒恨，她說沒人能理解他們當時的心情，就好比你大學畢業後還在屁顛屁顛地找工作，人家就結婚了，婚禮在一個跟城堡一樣的酒店裡，滿場都是吃的，正中央還是輛南瓜馬車，然後告訴你那是一座蛋糕，一座哦！婚禮一開場跟童話似的，迎接她的那個三十多歲的老公，尼瑪長得還特像張智霖，這還讓不讓人活了，太缺德了。最關鍵的是，第一個月的薪水剛拿到手，一半多就用來交了禮金。

所以這個仇，我室友打算記一輩子，於是每次簡單小姐從杭州飛來，她都要敲詐勒索其一番。

女人的報復心啊。

最近一次見簡單小姐，是她從荷蘭旅行返程，來北京看望我們。只見她把一本企劃書從一行李箱的乳酪和餅乾裡面拽出來，告訴我們她要把北京某著名的連鎖餐廳開到杭州去，迎接事業第二春，順便每天只要踩踩油門就可以吃到自己最愛的東西。

我們再一次被刺激了。

室友說，她曾經也試過這種吸引力法則，把自己的腦袋剪下來貼在每一本雜誌的名車上，每晚睡前都看著彭于晏的微博催眠自己這是她的未來男友，但到現在宇宙都沒空搭理她。

我有次到杭州出差，簡單小姐和她的「張智霖」招待我，兩人恩愛爆表，一點兒都沒有老夫老妻的平淡，其間也沒發生過任何出軌劇情。「張智霖」說，他喜歡簡單小姐最重要的原因，就是因為她聰明，知道滿足，男人最怕的不是愛錢愛吃的女人，而是傻乎乎要了男人的一切還必須按她的規定去愛她。

當晚，我們在黃樓喝酒，我邊說著不能喝邊被他們灌，最後我們都醉了，我迷迷糊糊地聽簡單小姐講那些年她的故事。她說：「這個世上，能把自己活明白了的人沒有幾個，很多人缺少幸福感的原因是不知道自己要什麼。我本來就很愛錢啊，所以我一點兒都不避諱常把它掛嘴邊讓所有人都知道。但是，正因為有了這個目標，我才敢去行動，然後每一次收穫我都會感覺異常滿足，對於吃，也是這樣。有人因晴天開心，因雨天沮喪，被外界牽動情緒，靠他人感受幸福，這些都不能持久，唯獨自己心裡對自己的認同才是最牢固的滿足。」

我當時聽了這番話如同醍醐灌頂，但還是忍不住笑她，原來喝醉之後就變成女文青了，這台詞比我微博段子都還噁心。

年底的時候，簡單小姐的餐廳在杭州開張，說是生意很好，因為她經常跟顧客一起吃，大家都愛她。有幾次還被年輕人認出來，說是在某某劇裡演過一個宮女。簡單小姐哭笑不得，想起那段經歷，她突然爆料說那個小花旦之所以老玩消失，是因為偷偷把自己男朋友帶到組裡來了，因為她有次夜戲偷溜到大排檔吃夜宵，大老遠就看見小花旦跟一個男人手拉手，目測男人是個演員。

當所有人都好奇是誰的時候，她說她沒看清，因為她的紅豆餅出爐了。

或許生活的最好形態，就是人走茶涼後，你仍知如何樂活。而人與人最懸殊的差距，就是有人知道自己愛玫瑰，有人只說他愛花。

插畫

Everyday

每一天的你其實都擁有幸福的能力。

懂得控制情绪，
烦躁时需要自己降温……
爱生活的前提，是爱自己，
爱自己的前提，
是对得起胃……
POPCORN
好的爱情留给
主动的人，
等待爱情永远是徒劳的……
爱美之心人皆有之，
所以在面子工程上
你决不能偷懒……

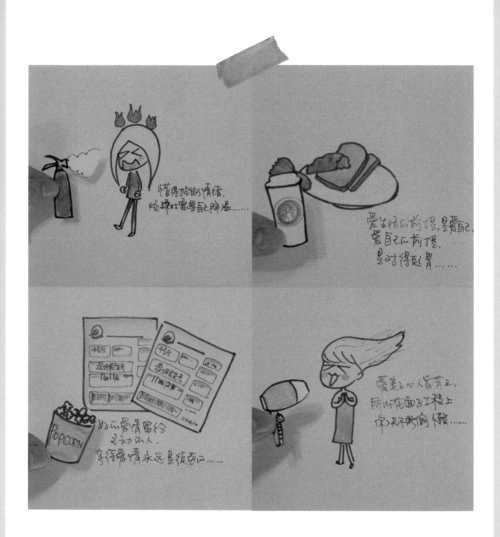

我的微博
你是最好的自己，从Monday开始
即便有时无人欣赏，
但自己仍是自己的骄傲……
音乐是复杂世界里
最好的治愈……
保持干净不是洁癖的表现，
而是整理生活空间，
让想要的人和事出现……
在逆境中保持好心情，
好运才会降临
在你身上……

文字的高度
能让你看见
别人看不见
的风景……

你的人生一定馬不停蹄

做一件事要服從當下的情緒和環境，
再努力奔跑的人也終會有停下來
撐住膝蓋喘息的時候。
不過，休息之後要想再跑起來，
就會力不從心，
而如果不停頓咬著牙一直跑到終點，
你是不會感覺太累的。

不知從什麼時候開始，每個月總有那麼幾天，就像女生的生理週期一樣，會陷入沒來由的焦慮和難過中去，儘管你也不清楚自己在難過什麼。

迷茫先生經常感覺很多事情沒做，卻不知道能做什麼，已經握緊的雙手到最後只能落寞地磕碰兩拳手指關節。

他說：「我想要的和我得到的總是背道而馳。」

嚴格說來，迷茫先生也算是個攝影天才，在MP4可以拍照的時候，他就在中學時代拍下過驚天動地的照片——偷拍同學的睡姿。那些睡在書堆中間、橫躺在階梯教室椅子上的奇葩照，後來成了貼吧和BBS上爭相傳播的「大師」作品。

高二的時候，他擁有了第一台單眼，於是徹底對攝影產生了腦殘式崇拜，攝影QQ群加了幾十個，上課的時候嘩啦嘩啦記著筆記其實全在寫拍攝計畫，省下生活費買了一堆攝影雜誌，週末犧牲網遊時間去公園拍作品。當時他身邊所有人，包括我，都覺得未來在那些攝影雜誌上，或者書店的攝影書架上，一定能看見他的名字。

後來每每想到這兒，都想說句髒話。就像胖子成了偶像潛力股，班花終將變成菜市場殺價主婦一樣，迷茫先生讓我們組團看走了眼，成了一家旅行社的普通小職員，每天的工作內容就是填不同的表格，偶爾需要早起跑去領事館帶客戶面簽。每天把不同的人送往不同的地方，自己卻留在相同的風景裡。

因為我畢業就來了北京的關係，所以一年只能有幾次時間回老家與他碰面。那個原本在同齡人中染著黃髮、臉上帶著少年倔強、瞇著一隻眼在讓人羨慕的高山和流水之

間匆匆按下快門的男生，竟然變成了最最普通的人。

普通到放到人群裡就找不到他，但隨便叫聲「喂」就回頭看你的那種人。

迷茫先生潛心研究攝影付出的代價，是高三時成績直接淪落成全班倒數。那個時候我勸過他，如果一個人做一件事的同時會影響到另一件事，那這個人，是沒有資格三心二意的。當然他不會聽我的放下攝影，但就算後半學期騰出一些心思在學習上，也沒能逃脫拿著只能上二專的高考成績單跪在他爸媽面前哭的結果。

其實大學對一個人最重要的影響，不是那個為你敲開就業大門的畢業證，而是能給你建立一個磁場，讓你遇見怎樣的人，而成為怎樣的人。迷茫先生三年的專科生活，都是在寢室刺鼻的煙味和深夜此起彼伏的滑鼠鍵盤聲中度過的。身邊人的愛好就是打麻將、看A片、逛街、玩網遊，「夢想」這個關鍵字對他們來說是多餘的，因為他們每個人都粗魯地把人生分為活著和死掉兩個階段，結婚生子活著就好。

「攝影真的能養活自己嗎？網上很多人拍得都比我好啊！」在一次次自我暗示與嘲諷裡，迷茫先生終於選擇了更多人走的那條路。

人終歸是要跟現實妥協的。活著就好。

有一次迷茫先生跟他外婆吵架，索性直接飛北京度假來了。我說能跟外婆吵架吵到離家出走這麼缺德的事也只有他幹得出了，其實他哪兒是什麼吵架，只不過在外婆面前有點無地自容罷了。因為外婆見不得他一回家就坐在電腦前或趴在床上懶散的樣子，她說：「這不應該是我們七、八十歲的老太婆才幹的事嗎？」

迷茫先生灌了大半瓶酒下去，說：「你以為我把那些破網頁來來回回點開又關上、追劇消磨時間、看累了就玩會兒手機遊戲很滿足嗎？每天在公司填表格填成傻×了，回家不窩在沙發上難道還扛著槍出去打一仗啊，好不容易想出去吃個飯，打開通訊錄卻不知道可以找誰。我也知道要充實自己，也會買點兒什麼正能量、心靈雞湯的書，可是看了兩頁鬥志燃起來，睡醒就又被熄滅了。到頭來，最先老的不是自己的樣子，而是年少輕狂的心。」

好幾次我試圖把話鋒移到攝影上，我給他列舉身邊朋友因為純粹愛好攝影，最後開了工作室全世界各地巡拍，或者那些從小助理慢慢積累經驗，變成商業雜誌御用攝影師的例子，但最後都會以他的沉默做為話題的終結。

不知道從什麼時候開始，因為對夢想有了信仰的崇拜，自然也就在追尋它的路上奢求及時的回應。誰都懂得如果自己認真做一件事，就會完成得很好這個道理，但很多人覺得它始終是個假命題，因為做一件事要服從當下的情緒和環境，再努力奔跑的人也終會有停下來撐住膝蓋喘息的時候。不過，休息之後要想再跑起來，就會力不從心，而如果不停頓咬著牙一直跑到終點，你是不會感覺太累的。

很多人看不見終點而焦躁地思考人生，結果就是在一次又一次的自我否定中徹底暫停。但每個人都有不同的階段，會有不同的境遇，想得太多不如簡單去做，當你對未來產生疑惑，試著去思考當下的自己可以做好的事。

五十分的你只能得到五十分的回應，而很多時候覺得生活辛苦，是因為總在以五十分的狀態答一百分的考卷。不要問你的堅持可以給你換來什麼，而是你現在可以做的，是否已經做到最好。只有這個階段完結，才能走向下個未知的命運。

這就是為什麼那些成功的人始終都不會放棄的原因，因為他們知道自己每一個階段可以做什麼，也就能接受每一個階段或微小或巨大的回報。

我決定寫這個故事，是因為迷茫先生前幾天給我寄了一張明信片，明信片是他自己列印的，像素不高的畫面中，是一個側躺在一堆教材上的小胖子，臉上肉太多把嘴唇擠成一個數字8。我笑到想罵人，因為那個小胖子就是我。

明信片的背面，簡單的幾句話，字跡還挺娟秀：

我覺得人活一輩子，一定要有個人，把這些鬧心的蠢事記錄下來。我辭職了，向南旅行。

想要的和得到的之所以時常會背道而馳，是因為你想要的，其實還不屬於你，而你得到的那些，自己又不在意罷了。時間很短，容不得虛擲，時間又很長，要等很久才能找到歸屬。那些固執不肯鬆手的回應，到了最後，也都只是雲淡風輕。

此刻的迷茫先生，應該在越南拍芽莊海灘的落日吧。

雖然到現在我都不知道他是怎麼突然變了個人，但偶然翻開部落格校內的相簿，看著那些迷茫先生拍下的嬉鬧和幼稚的回憶，心中就有了答案。我想，後來再看到這些照片的「受害者」，一定會跟我有心照不宣的默契，感謝他，並且也相信，他正在他的夢想裡發著光熱，他的人生一定馬不停蹄。

插畫

畫畫旅行

帶上自己，去全世界。

FDNY

CHAPTER 20

在愛和旅行裡，尋找不同的自己

所有人都在講旅行，
但最終的落實，
也就是如過客一般留下影像。
每一個我們認為陌生的遠方，
其實都是別人再熟悉不過的地方罷了。
城市與城市、目的地與目的地相對無異，
旅行的底裡，
應該是一個找尋不同的自己的過程。
愛情也是。

網上有個很紅的段子，說人生需要兩次衝動，一次說走就走的旅行和一次奮不顧身的愛情。後來被刺蝟小姐改了哏，說人生需要兩次覺悟，說走就走你得有錢，奮不顧身你首先不能長得醜。

這位刺蝟小姐雖然刀子嘴匕首心，得饒人處且饒不了人，但老天還是非常公平的，除了讓她這輩子成了北京土豪地產商的女兒，還給了她偶像派的姣好外貌。因為嫌娛樂圈這染缸太髒，最後進了文藝圈，寫都市情感小說，被幾個小粉絲封號：森林系女神。

當時同為森林系作家的我們，有幸在一次聚會上認識，她見我第一面就說：「你這種長得奶氣的小男孩最適合在北京混，因為現在北漂的男男女女，十個有九個都是屬狐狸的，剩下的那個稀有品種，大家都爭著愛。」

那晚聚會結束後，我看見刺蝟小姐鑽進一輛叫不出型號的賓士跑車，專人專車接送，跟電視裡演的一樣。我當時就說這個女子肯定是個傳奇，果不其然，據說第二天她給她爸發了條短訊就「離家出走」了。

刺蝟小姐在網上跟一個台灣墾丁的女孩交換了一次旅行。兩人承諾兩週時間內，互相睡在對方的家裡，不用見面簽任何協議，全靠自覺。刺蝟小姐沒帶昂貴的護膚品，衣服準備幾件基本款，背上個雙肩包就去了，頗有點兒交換人生的決心。

墾丁的夏天很熱，空氣裡都有股燒焦的味道，她交換的住處是墾丁大街的民宿，條件不算太好，但出門就是海，一群赤膊的衝浪少年讓她激昂的荷爾蒙欣然接受了這裡的一切。早餐自己做果醬麵包，白天租輛機車去南灣玩水踩沙灘，晚上就去當地有名的海產店吃海鮮，沒有因為是千金小姐有半點兒不適。再說，千金總有幾多愁，想要的東西伸手就能得到，卻永遠嘗不到過程中的快樂。

當她知道自己的書占據網店的暢銷榜時還驕傲過一陣子，但最後從別人嘴裡得知，她爸派人買了榜，堆了十幾萬冊的書在倉庫，一時間高高在上的成就感瞬間坍塌，毀得只剩一團不知所謂的煙雲。隨後而來的蝴蝶效應更可怕，她發現原來自己的微博粉絲大部分都是殭屍粉，轉發評論都是她爸找行銷公司操作的，那些蜂擁而至的讚美書評，也全是幾萬塊一條的高價段子手作品，她開始懷疑自己根本就不會寫作，一切不過是她爸營造的自以為良好的象牙塔而已。

刺蝟小姐能帶著一身刺像女王一樣生活的最大原因，不是有錢，而是有一顆強大的自尊心，所以即使你拿鞭子抽她、開車撞她，都別傷害她的自尊，因為那也是她唯一僅存的東西了。

在民宿住的第三天，上天給她開了個小玩笑。

當天的情形是這樣：刺蝟小姐在浴室洗澡，把洗面乳忘在洗手台上了，於是一身溼淋淋地去拿，就在此刻，一個裸男也正好扭開衛生間的門。一般這種情況，女生是該尖叫的，但是刺蝟小姐沒有，因為那個裸男叫得太放浪形骸了，以至於把刺蝟小姐嚇得左腳一滑，直接呈人字形跪倒在地。她捂著膝蓋，冷靜地拿浴巾裹住身子，然後默默地說：「別叫了，我都看見你的扁桃腺了。」當時那個男的臉都綠了，因為介意她首先看到的不是他的身體或者下體。

這個奇葩男說自己是這家民宿女生的弟弟，台北大學的研究生，放假前知道他姐去了北京，於是打算暫住她家，沒想到撞見了更奇葩的不速之客。刺蝟小姐以膝蓋受傷為由偏不放奇葩男走，於是兩人同住一個屋簷下，莫名

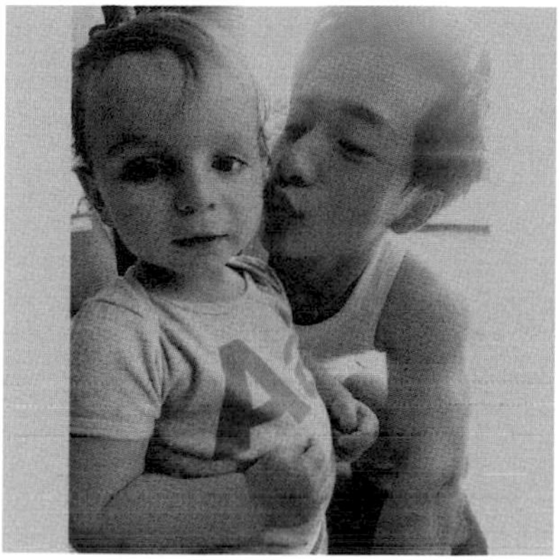

其妙成了互看兩相厭的室友。刺蝟小姐把他視作菲傭，早、中、晚三餐全包，閒下來的時候得跟她聊天，衝浪的時候必須帶上她（目的是為了看肉體）。奇葩男一旦殊死反抗，刺蝟小姐就不動聲色地一條一條撕開膝蓋上綁紗布的膠帶做為威脅，最後奇葩男也只能臣服於她的淫威之下。

刺蝟小姐在北京有一個男朋友。門當戶對，高官的兒子，身高一百八，長得像李敏鎬，兩年前《城市獵人》流行那會兒，路上的女生看見他都會尖叫。所有人都以為男友是刺蝟小姐的李潤成，身手矯健，man到爆表，但其實，他只是一個空有一副還算直男的外表，心裡卻住著一個四、五十歲媽媽桑的龜毛男。在第二十次因為洗澡把浴室地板弄溼被對方埋怨後，刺蝟小姐直接收拾行李搬走了。隔天她氣沖沖地發了條微博：「女人洗澡的時候，裝了浴簾但洗澡水仍濺一地，首先應該找浴簾的問題，而不是女人，處女座就是被你們這些偽GAY（同性戀）黑的！」然後聯繫了十幾家草根大號轉發並且@了男友，於是這條微博成了熱門，男友成了眾矢之的，紅翻天。

其實他們這樣的相處方式從確定關係後已經維持很長時間了，男友是真心喜歡刺蝟小姐的，就算每次被扎成篩子，也無怨無悔地繼續愛著她。男友做事有條不紊，習慣未雨綢繆，但刺蝟小姐不行，全靠直覺和衝動，她覺得有時糊塗盲目是好事，想得太清楚反而容易迷路。久而久之，兩人一冰一火的關係讓刺蝟小姐全然沒有安全感，愛情也就變成可有可無的裝飾品。

跟奇葩男捆綁相處的這幾天，刺蝟小姐從未感覺這般輕鬆。半個月的時間快到了，臨行前他們到恆春鎮吃燒烤，不知從哪句玩笑話開始，竟然爭執起誰的酒量更好，於是直接清空桌面上的酒，刺蝟小姐把北京的各種划拳遊戲教給奇葩男，一人一瓶地乾。最後刺蝟小姐喝懵了，抱著奇葩男一頓狂哭，惹來周遭路人各種白眼議論，奇葩男架不住面子就威脅她：「你再哭我就親你了！」結果刺蝟小姐直接把嘴湊了上去，蹭得奇葩男一臉鼻涕眼淚。

以前男友吻刺蝟小姐的時候，都是輕柔的，像是一片樹葉落在她嘴上，刺蝟小姐問他：「你就不能帶點感情親我嗎？」男友一臉錯愕和委屈，被她澆熄了興趣轉過身側臥而睡。刺蝟小姐壓抑了無名火，愣在一邊摸了摸嘴唇，她要的親吻，不是例行公事；她要的愛，不是有一個人承受她身上的刺，而是幫她拔掉心裡的刺。

可能因為海鮮加上酒精刺激的緣故，第二天一早準備去機場時，當初受傷的膝蓋關節腫成了桃子，奇葩男不在屋裡，刺蝟小姐便跛著腳匆忙收拾了行李，拎著行李箱到門口，看見上面貼著一張字條，沒錯，是奇葩男留的。誰知刺蝟小姐看完氣得一腳踹在門上，撞疼了膝蓋，她咬咬牙，然後弓著身子，哭了起來。

「那天她還是去辦了登機手續的。」

刺蝟小姐的故事朋友就給我講到這裡。我只見過刺蝟小姐一次，後來她再也沒有出現在我們的作家聚會裡，有人說她跟北京的男友結婚了，也有人說她根本還留在台

灣。我更願意相信後者，因為如果她留下了，至少就有了人生最重要的那次衝動。

所有人都在講旅行，但最終的落實，也就是如過客一般留下影像。每一個我們認為陌生的遠方，其實都是別人再熟悉不過的地方罷了。城市與城市、目的地與目的地相對無異，旅行的底裡，應該是一個找尋不同的自己的過程。

愛情也是。

在你的世界裡，你是唯一的主角

那些揪著你一個問題不放的人，
他們不會對你的人生負責，
冷眼和嘲笑是他們的權利，
你改變不了他們，只能管好自己。

你應該聽過很多醜小鴨變天鵝的故事，你身邊也一定有幾個因為高矮胖瘦的變化，或者是後天靠整形變成另一個人的例子，他們給自己的世界洞開了裂縫，照進來陽光。

美妙小姐說：「再不堪的屌絲，也會敗在行動和堅持面前。如果你問我努力到底有什麼意義，那麼變成更好的獨一無二的自己，就是全部的意義。」

美妙小姐是我見過最醜的女孩。

倒不是誇張或是不留情面，在中學那個對審美自成一派的大環境下，美妙小姐確實不好看。戴著牙套每天都腫著一張臉，單眼皮也就算了居然還給我下垂眼，皮膚比她鄰桌整天打籃球的男生還黑，而且除了校服，每天穿的那些碎花條紋寬鬆高腰的衣服褲子，全部來源於衣著品味獨特到令人髮指的——她的外婆。真的不是我故意增添一些可讀性才這麼污蔑她，而是她真的太讓人有外貌描寫的衝動了。

印象裡，她的初中三年沒有太好過，她成為同學嘲諷與挖苦的對象，她的作業本發下來一定有人故

意踩上腳印。她身邊也有朋友，還都是些漂亮女孩子，因為她們可以樂此不疲地在她身上找到優越感。但好在美妙小姐的性格很好，即便被這麼欺辱，她也從不生氣，一雙事不關己的眼睛，好像靈魂早已超脫到九霄雲外去了。

她有個技能是畫畫，剛好本人不才又是當時的宣傳委員，於是把她招進我們宣傳組每個月跟我一起畫壁報。不是出於對弱者的同情，或是在她身上找存在感，而是真正欣賞她的才華。她動作很快，想法也很多，她完全改變了我已經程式化的壁報模式，用幾根粉筆就弄出了如同商業海報的效果，而且她字寫得很好看，唰唰地十分鐘搞定，賞心悅目。

第一次靠壁報拿了學校的一等獎，組織請我們吃了頓大餐。那晚還有其他年級的宣傳小組，可能是拿了冠軍的興奮勁太旺盛，為了緩解尷尬，我幾次都拿美妙小姐的外貌尋開心，雖然整個晚上她都沒說幾句話，我也沒注意她的臉色，但我知道，她一定不會生氣的。

這個故事的高潮是從美妙小姐喜歡上一個高二的學長開始的。

說是在籃球場上看見的，一下就敲中她情竇初開的神經，突然感覺有了軟肋，每天病懨懨的樣子，活脫兒一個現代版林黛玉，哦不，現代版丫鬟。因為對自己外表沒自信，她連從他身邊經過都不敢，只能每次借著下課去開水房打水的由頭，悄悄路過他們班遠遠地看一眼。她還會趁他們班上沒人的時候偷偷塞禮物到他課桌裡，放學跟蹤他送他回家，收集他球隊每天的訓練表好第一時間去球場上看他打比賽。

實在受不了她這樣卑微的暗戀方式，我開啟了二十四小時激將模式鼓勵她去表白。後來她真的去了，表白信還是我寫的，她把那封信塞到他手裡就跑開了，但結果，其實誰都能料到。

我記得那晚我陪她逃掉了晚自習，買了一袋子的啤酒，坐在超市門前痛飲。她帶著

酒氣嚶嚶地哭，她說：「你知道你多過分嗎，那晚跟別班的宣傳組聚餐，你說我長得太暴力，員警都可以告我襲警，你哪兒冒出來那麼多缺德的形容詞啊，就像你那封表白信上說的，『上帝給我關了一扇門，但為我打開了別的窗，所以才讓我遇見你』，上帝都把門給我關了，我的長相有這麼嚴重嗎？」

我在一旁哭笑不得。

後來這個晚上，成了現在我倆每每回憶過去時最重要的線索。

我招呼在餐廳門口找我的美妙小姐，一入座她就把一個包裝袋放在餐桌上，看樣子，我又有免費精油拿了。

大學畢業，她跟幾個客服妹子硬生生把一家精油淘寶店的銷售數字在一個季度翻了五倍，於是牽頭帶團隊在北京、天津開起了實體店，從一個小客服晉升成華北區的銷售總監，這種不是一般人能幹出的事她用三百六十五天就全數搞定了。

當然你沒有猜錯，她變成天鵝了。沒有靠任何科技的改造，單眼皮還是那個單眼皮，黑也依然那麼黑，形象上的改變也最多就是取掉了牙套顯得臉小了很多，但是氣質已然超脫成另一個人。

或許是那封石沉大海的表白信使然，或許是塵封在心底被嘲諷的不甘，讓美妙小姐在其他人的視線盲區長成讓自己驕傲的人。她從不孤僻冷傲，她很清楚自己是誰，清楚自己身上的富有和貧乏。她在大學自學電商，加入了三個社團，每天強迫自己做一件不敢做的事，比如參加漫畫比賽、上台演講、吃討厭的香菜、坐跳樓機。她坦然接受先天在外貌上的軟肋與性格的愚鈍，努力用其他長處與這個世界相處。

與心裡那個滿身缺點的自己對話，溫柔地用「她」來看清自己的美好，美妙小姐變成了一個閃著光的人。這就是為什麼有些人，你說不出她哪裡漂亮，但就是打心底裡喜歡她，羨慕她，覺得她身上有滿滿的能量。而有一些人，即使擁有再美的皮囊，也是過目就忘，難以靠近。

曾經或者此刻，你一定也有像美妙小姐這樣的軟肋，因此才會時常為這個軟肋尋找存在感，去說服自己很多事都做不到。唯一的解決辦法就是接受它，不要妄自菲薄，更不要一心想著去改變它，而是要換個角度，從別的方面來填補它，用自己的鎧甲來保護它。

那些揪著你一個問題不放的人，他們不會對你的人生負責，冷眼和嘲笑是他們的權利，你改變不了他們，只能管好自己。

每次聊到從前的美妙小姐，我倆都要陷入沒來由的哄笑中。看著她不顧形象大笑

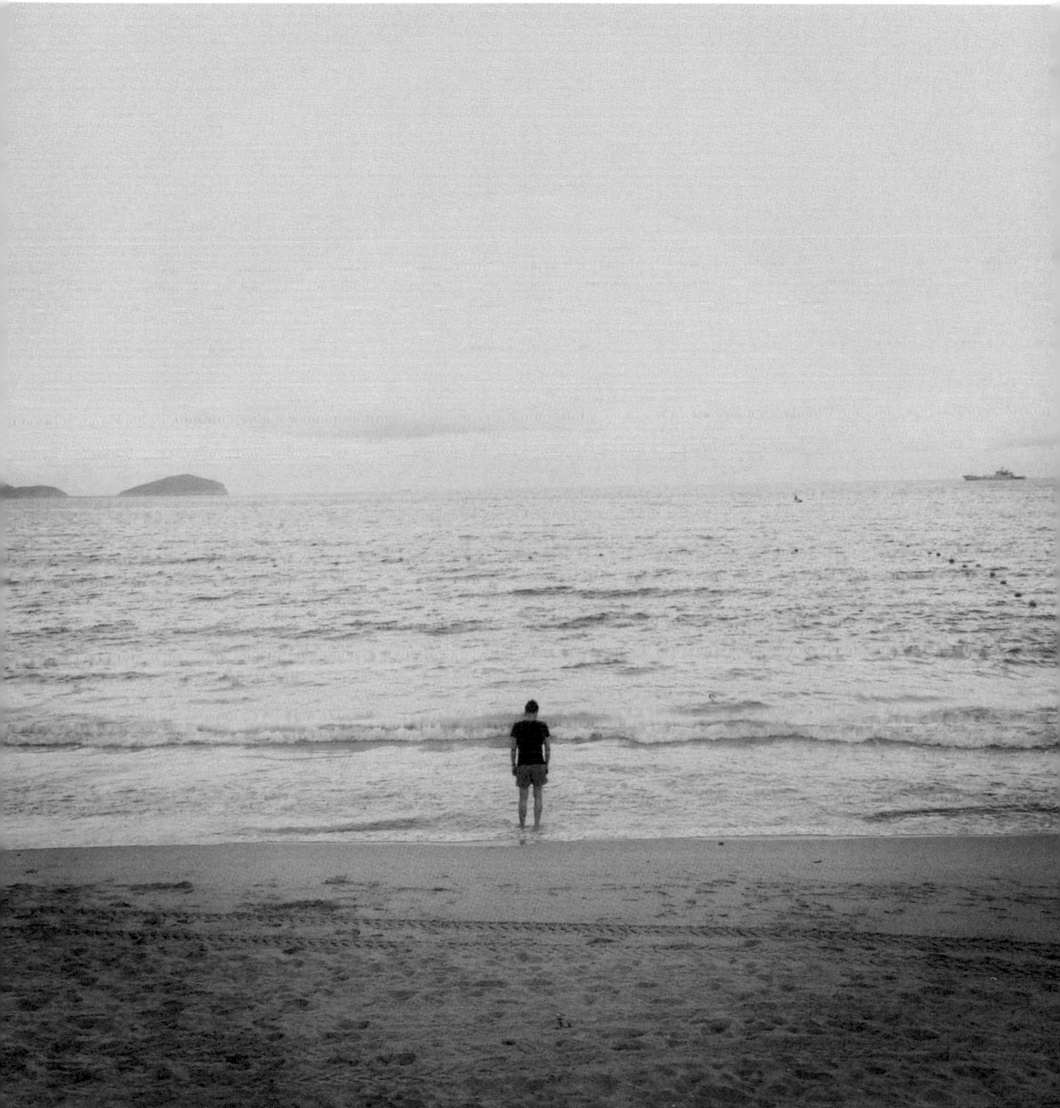

的樣子，竟然覺得她比那些雜誌上的女明星還要漂亮。

經過時間的洗禮，你會發現，真正的美不是精緻的妝容，不是高挺的鼻梁、尖尖的下巴，不是一件得體的西裝或昂貴的裙子，而是有了一個專屬於你個人的標誌，它可能是身上的氣味、說話時的眼神，它在宣告，在你的世界裡，你是唯一的主角。

故事還沒講完，還記得美妙小姐初中追過的那個學長嗎，現在正開著車從北四環趕來接他的女朋友，他的女朋友，就坐在我對面。

生活本身就比電視劇來得精采，那些曾經失卻的回應在平行時空已經給了肯定的答案，你想要的東西，緩慢出現但終將到來。

讀完這個故事的你，就算我們從未見面，我相信此刻，你正在變得更好的路上，你一定是個可愛的人。

世事無常，唯願你好。

插畫
水果

其實一直陪著你的，是那個了不起的自己。

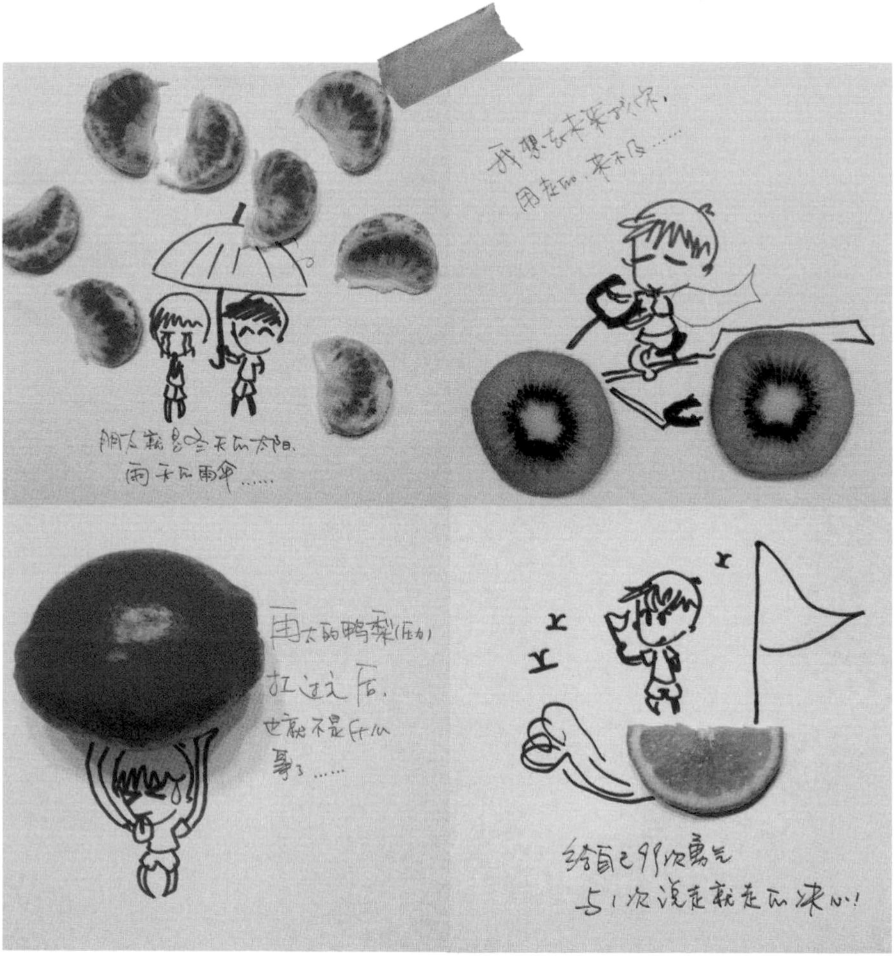
朋友就是今天的太阳，
雨天的雨伞……
我想去未来找你，
用走的，来不及……
再大的鸭梨(压力)
扛过之后，
也就不是什么
事了……
给自己99次勇气
与1次说走就走的决心！

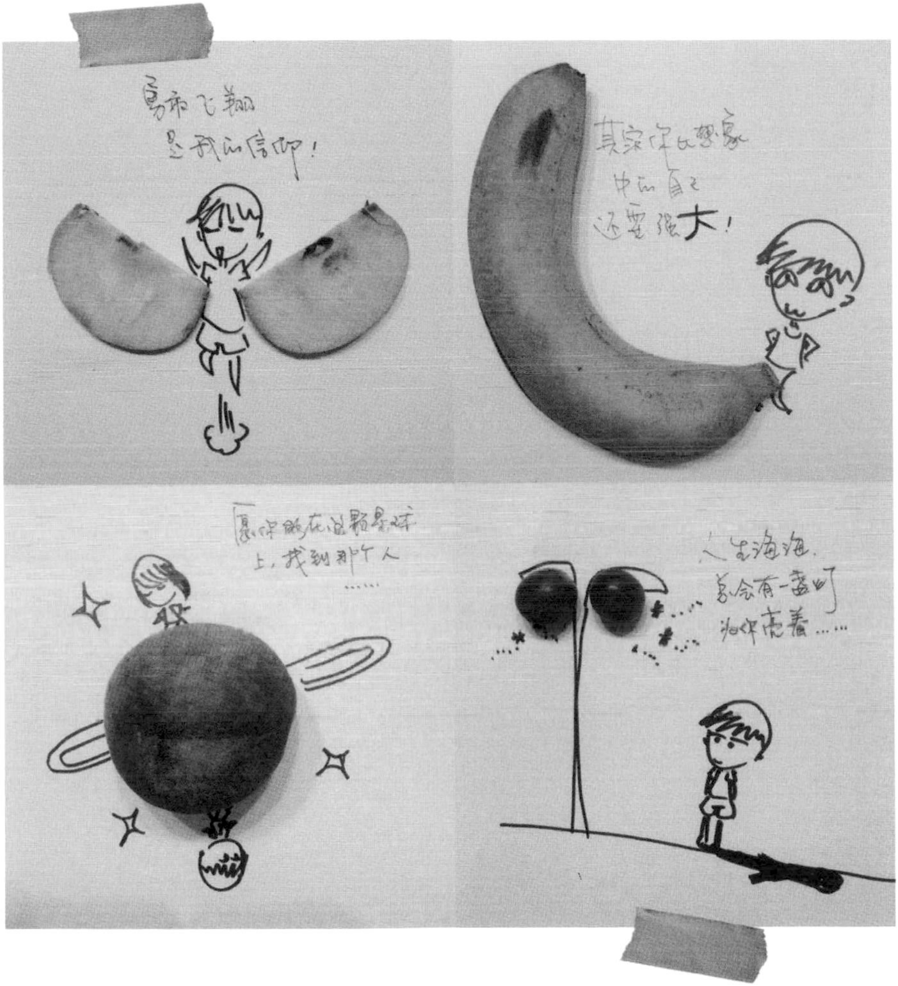
展翅飞翔
是我的信仰!
其实你比想象
中的自己
还要强大!
愿你能在这颗星球
上,找到那个人
……
人生海海,
总会有一盏灯
为你亮着……

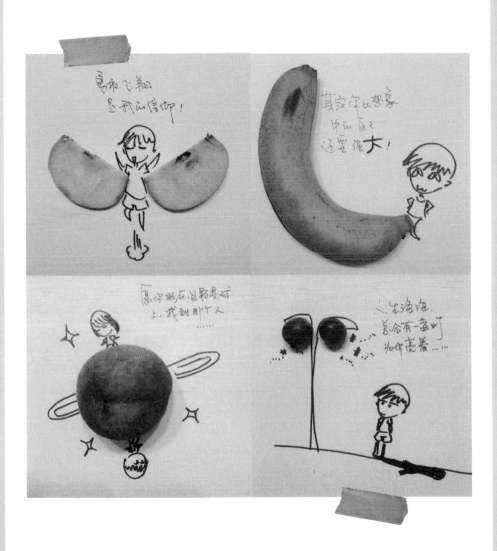

每当遇到阴雨天，
就努力做自己的小太阳！

後記——

這是最好的時光

楊楊

感謝你終於把這本書翻到了最後一篇，不管它占據了你大半個月的時間，還是只是幾個睡不著的夜晚或蹲馬桶的早晨，都要謝謝你看完我和張皓宸的這本書。我也不知道為什麼要安排我來寫這篇「後記」，按成語「拋磚引玉」的邏輯來講，通常「磚」不是應該拋在最開頭的嗎？好吧，反正都被擱在這兒了，我會盡我所能讓它變成一塊好看的磚。

說到好看，皓宸絕對是這本書的好看擔當。他畫的插畫，他寫的字，他故事裡的那些先生、小姐都很好看。當然還有他本人也是夠好看的，即便在他發福的中學階段，體重到達一百五十斤的巔峰狀態時，也起碼是個可愛的胖子。所以當我第一次看到他中學時的舊照片，一邊趕緊掏出手機翻拍存檔，一邊也深深地好奇，那些年他是怎麼一路胖過來的。

確實，皓宸的青春史就像一部台灣的偶像劇，在那部叫「誰的青春不發胖」的成長劇本裡，他經常被嫌棄，偶爾被欺負，然後一直被孤立。好在皓宸發揚了胖人天生樂觀、豁達的心態，把那些被孤立的時間用來跟自己相處，學畫、寫字，始終相信不管別

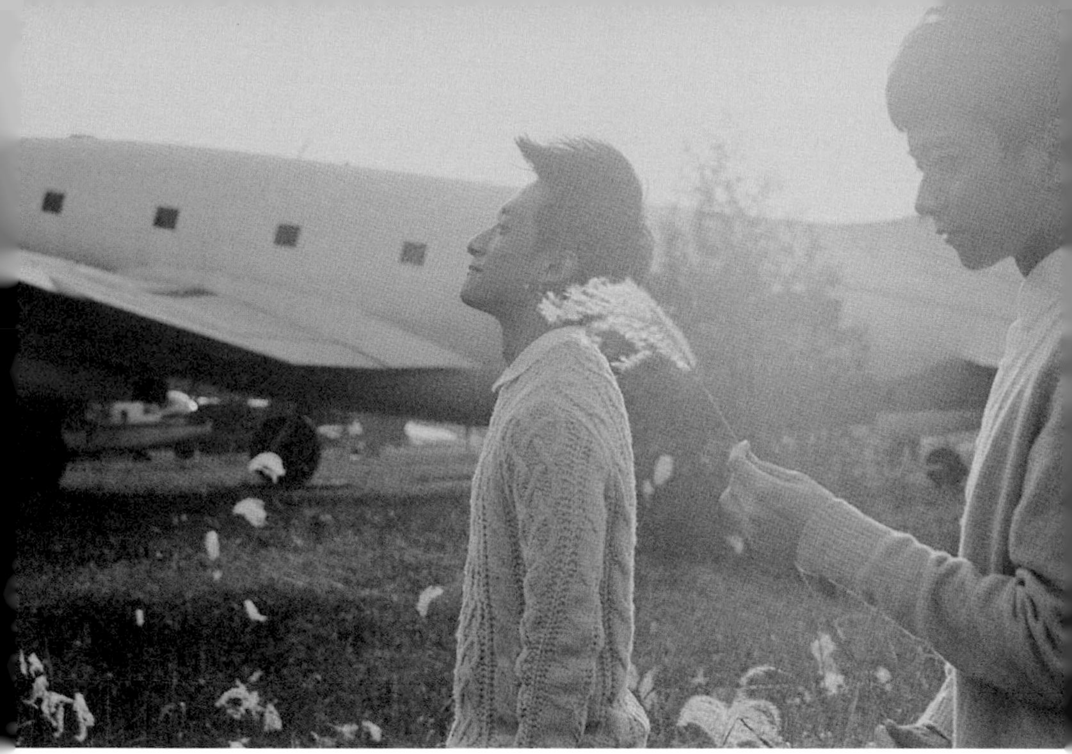

人怎麼不待見你，你唯有先愛自己才能變得更好。

通常兩個人能成為朋友，要麼是因為彼此互補，要麼就是因為兩人有太多相似之處，而我和皓宸在這件事上屬於後者。基本上我也是個生性樂觀、適應能力超強、很願意自己跟自己玩的人。從杭州到北京的時候，銀行卡裡存款還不到四千塊，打拚了兩年突然遇上節目停播，設想中的未來變得不知去向，平空多出了許多時間，就每天去健身房、宅家裡看書。直到後來跟MTV台簽約，再回頭去看那段跟自己獨處的時間，那些無意的「打發」都成了有意的「努力」。

去年到荷蘭阿姆斯特丹參加歐洲音樂大獎，在那個空氣溼軟、時晴時雨的城市，好像每個人都比我們更加懂得如何善待自己。四天三夜的行程中，有位叫諾蘭的司機全程為我和我的同事們當嚮導，年近六旬的他即便做著別人眼中很重複無趣的接送客人的工作，卻每天西裝筆挺，熱情地為我們介紹當地的美景。忙的時候可能一天只睡六小時，卻一路吹著口哨、哼著當地不知名的小調，精力充沛得好像一個五十多歲的Justin Bieber（賈斯汀．比伯）。

有次閒暇時，我向諾蘭討教如何保持愉快的工作心情，他說：「當你每天有大部分的時間都在工作，如果這段時間裡都不快樂的話，那你的這一天也就是不快樂的。」其實，真正善待自己的方法不是偷懶、不是耍小聰明，而是熱愛你正在做的事，享受時間裡的每一刻。

我一直都相信，人在最低潮時所做的事往往會給他帶來最大的轉機。有一部電影叫《伊莉莎白鎮》，我看了六遍，奧蘭多飾演的男主角在經歷了公司破產、女友背叛、父親去世的三重打擊下，打算回老家處理完父親安葬的手續後自殺。但就在這趟回老家的航班上，他邂逅了為這困頓生活帶來一絲喘息的空姐，她幫助他在這意外的旅途中找到了生活的意義。

就好像皓宸被孤立的青春期還有我那短暫的失業，每個人的生活裡總免不了會有這樣或者那樣的低潮期。所謂的困難和考驗，它的輕重大小其實不在困難本身，而在於你如何接納和應對它。那絲低潮中的喘息，可能是面對孤立時的堅持，可能是迷茫裡的獨處，也可能是面對工作時嘴角自在的一聲口哨。

在給這本書起名字的最開始，我們本打算用《願你成為最好的自己》，假若這本

書是你找回自己的航班的話，我們希望你也能在合上書本時，在旅程的最後找到生活的動力，成為最好的自己。但後來我們發現，「最好的自己」並不是未來式，也不是一個祝願，它是你本該對自己的認知，是你善待自我的每一刻的感受，是你內心充滿愛與喜悅的完成時。你是誰，在這點上，你比我們更清楚。

這是最好的時光，你是最好的自己。

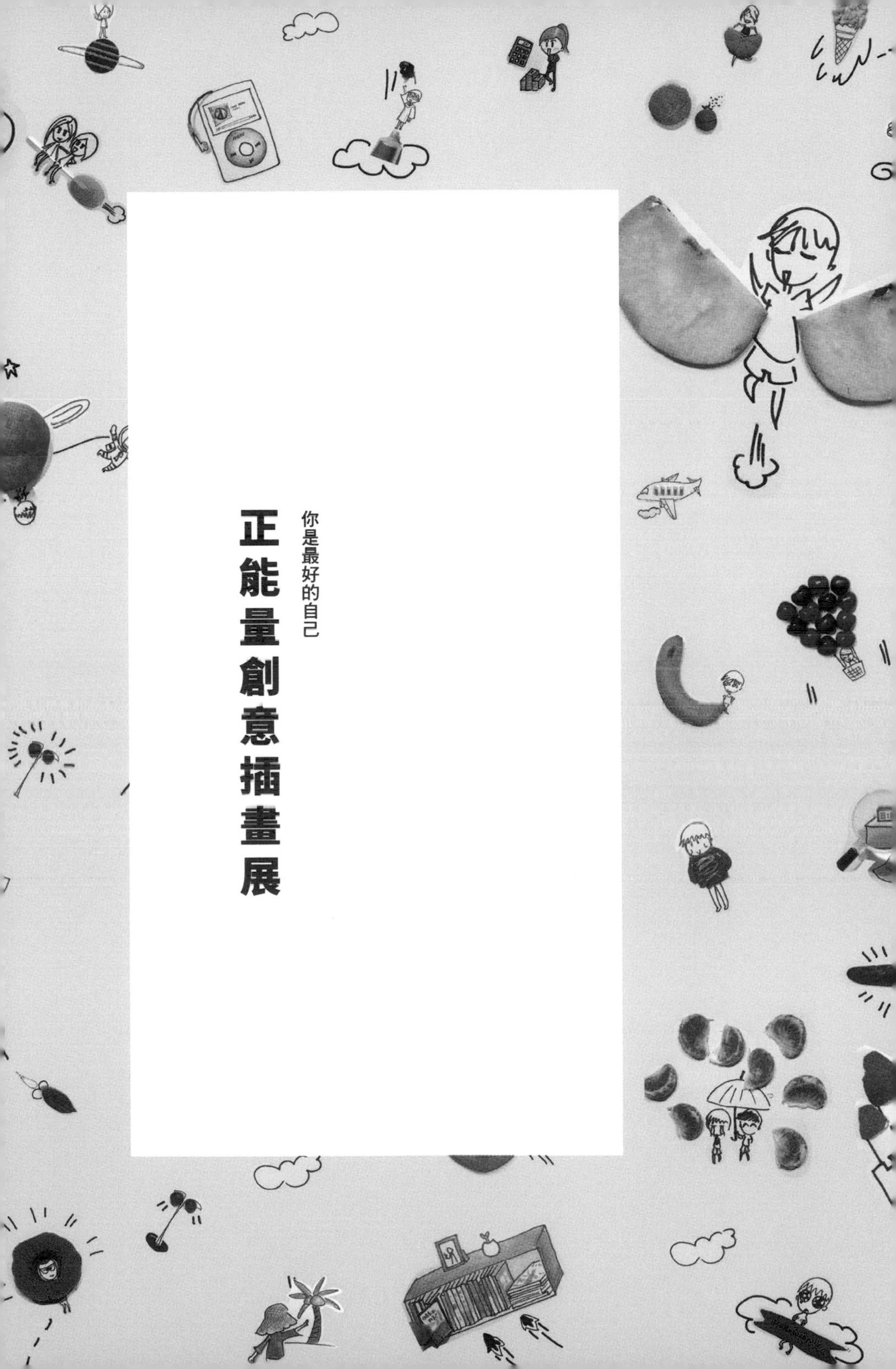

正能量創意插畫展

你是最好的自己

展覽／序言

楊楊

每一位讀過《你是最好的自己》的朋友一定都認識封面上的這個捧著一束鮮花的紙片小人。

二〇一三年的時候，在歐洲的街頭溜達，路過了一家花店，就用手機拍下了這張照片。後來在給書定封面的時候，我們臭美地想過用自己的照片，做作地想過用抽象的風景，總之想過很多種可能。直到大家發現這張圖上紙片小人笑成兩道彎的眼睛。一拍大腿，好！就是它了！

於是這個紙片小人成功擠走兩位作者，順利地成了百萬暢銷書的封面人物（此處語氣明顯得意）。

後來我們給它取名叫BEST，還把他附在明信片上，送給每一位喜歡這本書的讀者，希望大家能在生活、旅行的時候都帶著它。

書出版後的這些年，我們在微博上收到了無數朋友拍的BEST在世界各地旅行的照片：上海、成都、東京、華盛頓、最遠的好像還有冰島……有朋友給BEST塗上了自己喜歡的顏色；有朋友怕折壞特意拿膠帶做了一個透明保護膜；還有人一直把它放在自己的錢包裡，我猜除了喜歡，應該是覺得BEST多少可以有辟邪、護身的作用吧……總之，大家比我想的還要愛護它。

於是，我就跟皓宸討論該如何感謝大家的支持。做成一張巨幅的海報？（那估計成本有點貴。）選幾張收錄到下一本書裡？（選誰不選誰好呢？）還是給每條微博都點個讚？（這個根本是應該的好嗎？）

直到我們決定要做這個展覽……

前前後後籌備兩個多月，展裡有插畫牆、插畫手稿、精心搭建的3D互動屋，讓大家走進去變成插畫的一部分，還有皓宸為了展覽在幾十卷衛生紙上重新創作的作品。在「把什麼內容放在進門第一面牆」的問題上，我倆第一時間就想到了這些你們拍的照片（當然也是沒有徵詢過書迷本人的意見，哈哈）。從兩千多張各式各樣的照片裡選了四百多張，然後再統一交給負責我們這次展覽歡迎牆視覺設計的米蘭設計師Kun手中，由他來最終排版設計。經過了無數次帶著時差的郵件來回溝通確認，終於有了今天大家看到的環遊世界信心之旅——BEST拼圖牆。我們還特意請設計師把每一張圖片作者的微博ＩＤ都列印在了拼圖的下方，如果你正巧也來了展覽現場，身邊正巧還有好朋友一起的話，你就可以跟朋友炫耀一句：這個展覽裡有我的作品和名字哦！

從在微博上畫創意插畫、一起合作出圖文書，到創作並演唱了一首同名主題曲，再到在北京人氣最旺的地方辦了一場展覽。回頭看，一切看似合理的過程其實都是在沒有計畫中一步步走來的，而這其中的每一步就是你們的力量。

我們一直相信平行世界這個概念的存在，未來是屬於你的，它沒有直接跑到現在來告訴你，而是把這些東西化為無數細小的分子，一點點刺激你、提示你，今天你看過的一部電影，跟朋友熱絡的五分鐘聊天，喝下的一杯溫水，都可以積累一定能量，改變你接下來的人生。

歡迎來到，「你是最好的自己」正能量創意插畫展。

這是一份誠摯的邀約
奔赴一場給你信心的充電之旅

環遊世界信心之旅

路上的貓貓 @看星星去 @Narrator2012 @王明 MING 月 @祥一 chen @我是珍妮花啦 @靈活的胖子 HoHo @hello_ 琦的日記 @大大櫻桃子 @Ligsu_Wing @summer 小丸子 @摯愛 _Smilely @郁達子 @得瑟的兔崽子 @菲兒要飛回歷城 @小七不丹飛 @糖糖是個大好人 @小容紙、 @巧子 STAR @丸子 Martian @吳娜昆玉 @曾曾曾曾山風 @葉子足跡 @梁家婷兒 @種在麥田的向日葵 @綠桃 @長涼 IUO @Tanglevimin @小梅兒的陽光 @我也可以變更好 @MEAN-ZHANG @傑戚井 @candylovejay @小辛蒂愛 Greeny @王小七七七 @兔兔小姐勵志作夢想家 @蔻氏少女 er @一朵小花 I @Miss_Jill @多藝的香蕉ORV @孫藝心 _xbu @soonhot @張皓宸 @Young 楊楊

入口處

BEST
拼圖牆

感謝世界各地的你們，帶著BEST去世界旅行（以下為拼圖作者微博 ID，排名不分先後）：

@蒼涼一夏 @VictorBaby 旺 @宇晨冰要過 CPA @謝帥帥麼麼噠 @_五花肉不塞牙 @秀秀女王 Queen @你說什麼我有點不太懂 @舒克和貝塔 sky @西瓜 twinkle @餅姐我要鹹魚翻身了 @宅風風 0620 @we 最愛下雨天 @lavinia_ 曉 @jiu9 肆九九 @-劉姍婷 @無處不晴天 @戈戈弋小婧 @碧徘徊 @蓋來安好 @_Miss 寶寶寶寶寶 Anglebaby @兔子姑娘一枚 @米蘭花瓣泰姬陵飄香 @他叫我張振倩 @俏皮可愛甜美二二毛 @YiYiYilia_ @160 我宣你 @星心 _xin @陸怪獸 ss @M_jesscia @一小片日光在等 @冉美娟-Rita @_曉敏蝦 @謝謝你讓我喪心病狂 @沒有音樂就鬧心的張大蕾 @沐曦童鞋 @Gemini-yarona @檸檬祝馬天宇712生日快樂 @葉小葉 310 @heidi_ 家禹 @誤入凡塵_東東 @在

环游世界信心之
BEST

环游世
带着BEST去世界旅行（以下为

現場回顧

友情提示：考慮到尊重展覽現場遊客的隱私，幫你們貼上了手繪頭像，別見怪喲。

超人氣九宮格插畫展示系列牆

精選11組網路爆紅插畫
99張插畫累計點贊破億次

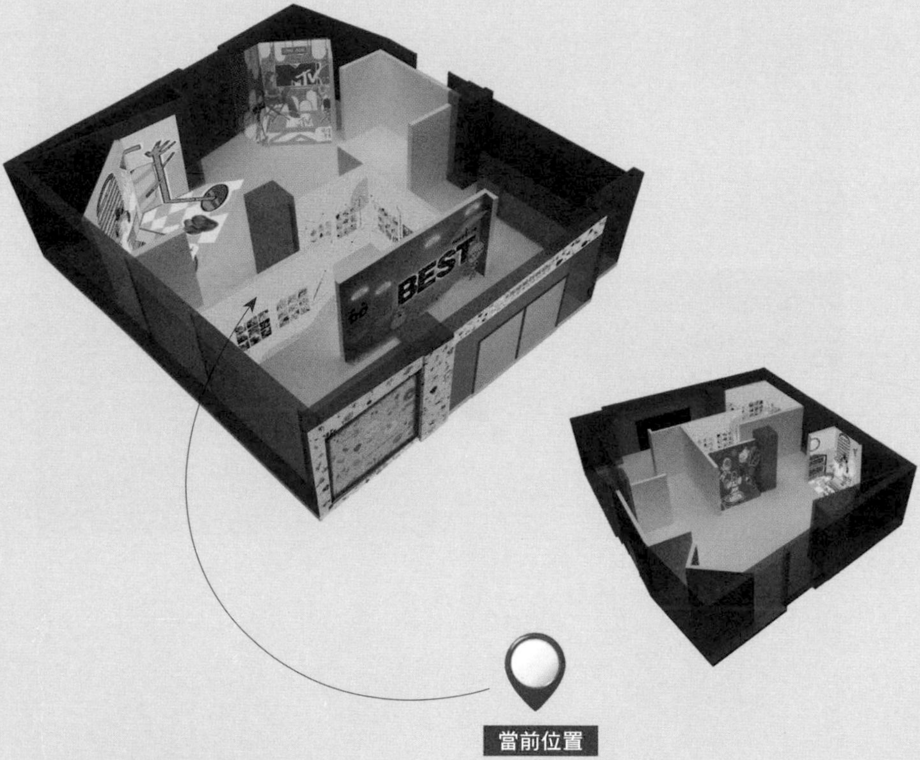

2013年9月1日第一組插畫誕生

因為喜歡你，
我也慢慢喜歡現在的自己。

愛就是和有趣的人擁有一輩（杯）子，
謝謝有你在。

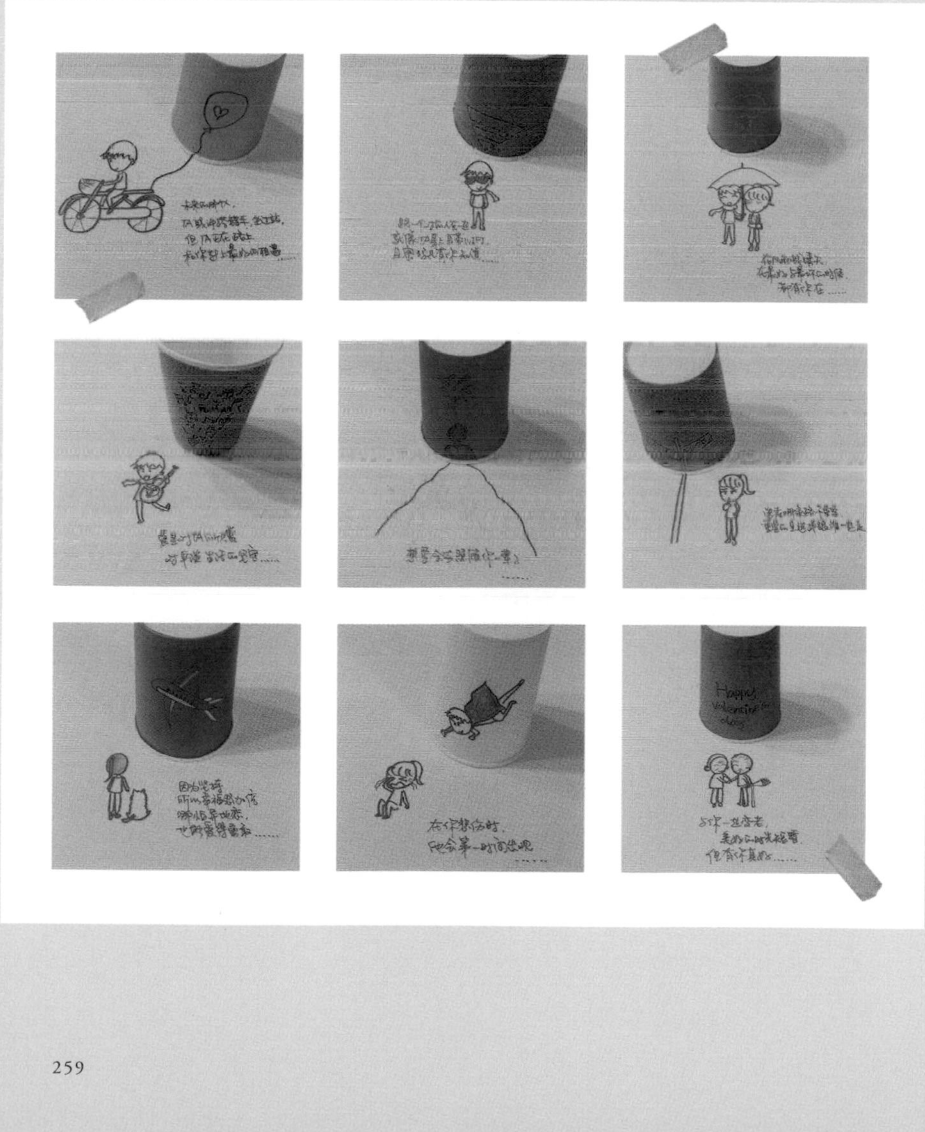

有一個喜歡的偶像，
是很了不起的事。

我願意付出所有來換一個時光機，
回去看看童年的自己。

你現在經歷的一切，
都是為了遇見更好的自己。

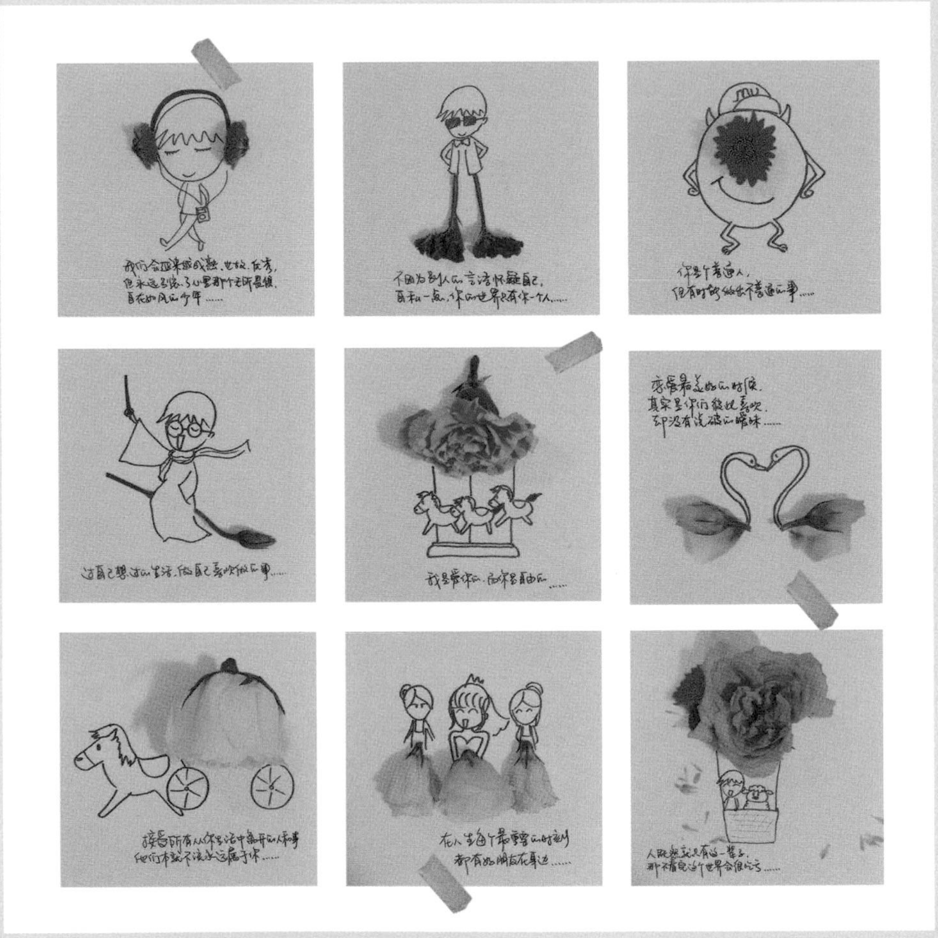

圍著喜歡的人繞一圈，就看到了全世界。

沒有人永遠年輕，
但永遠有人正年輕著。

時光還沒老，我們也別散。
To 離不開的老友鬼鬼們。

想愛最好的人，
不努力怎麼實現啊。

有愛的人好好愛，
沒有人愛的就先努力做一個可愛的人。

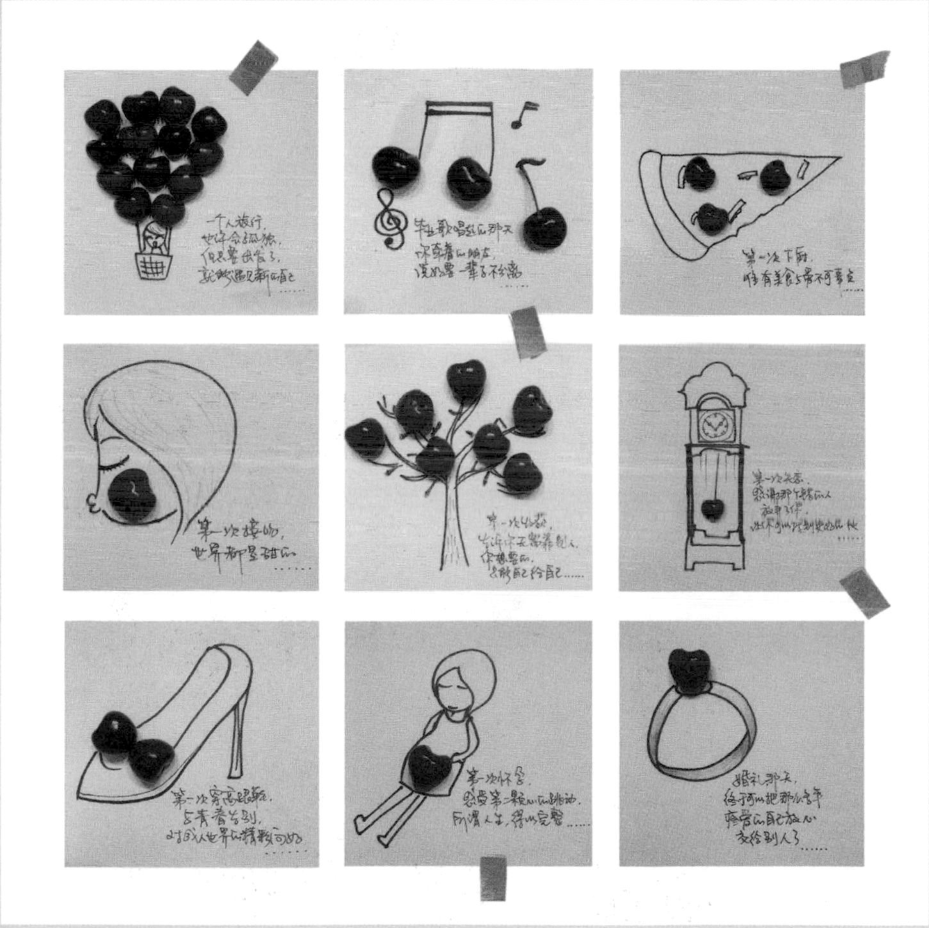

現場回顧

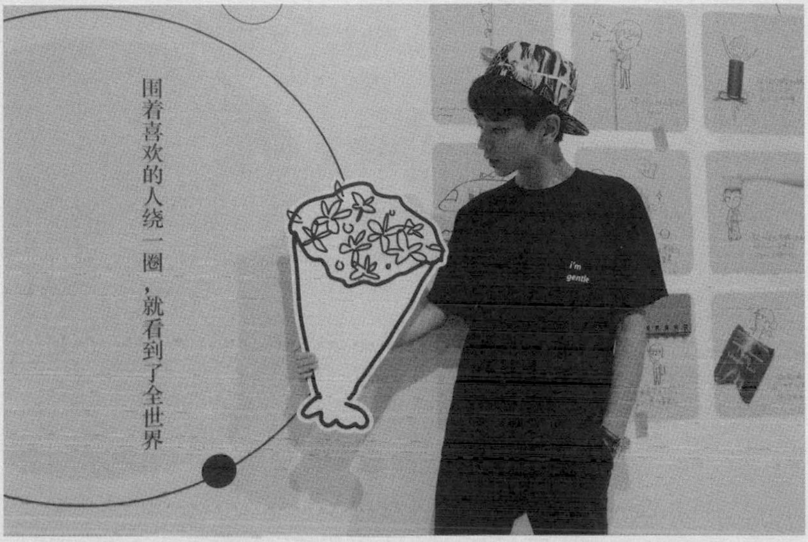
围着喜欢的人绕一圈，就看到了全世界
i'm gentle

3D互動插畫屋

3大主題互動區，
身臨其境「走進」插畫中，
創意互動做一次「手機攝影愛好者」，
讓你成為我們插畫的元素

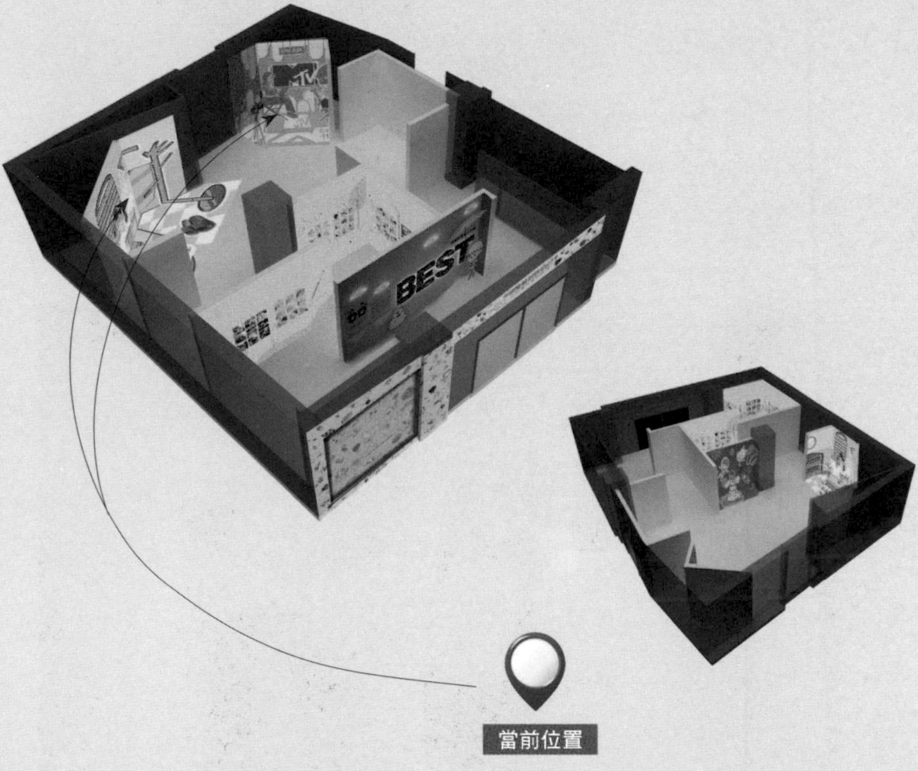

3D互動插畫屋

宇宙互動區

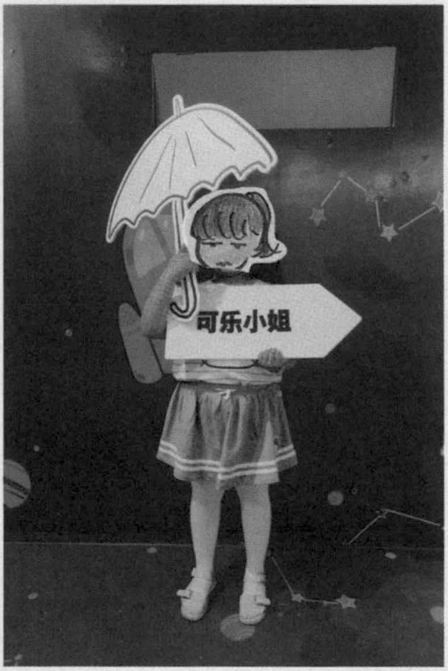

小朋友組

成人組

3D互動插畫屋

浴室互動區

3D互動插畫屋

MTV互動區

在你的世界里
你是唯一的主角

在你的世界里
你是唯一的主角

在你的世界里
你是唯一的主角

實物插畫展示區

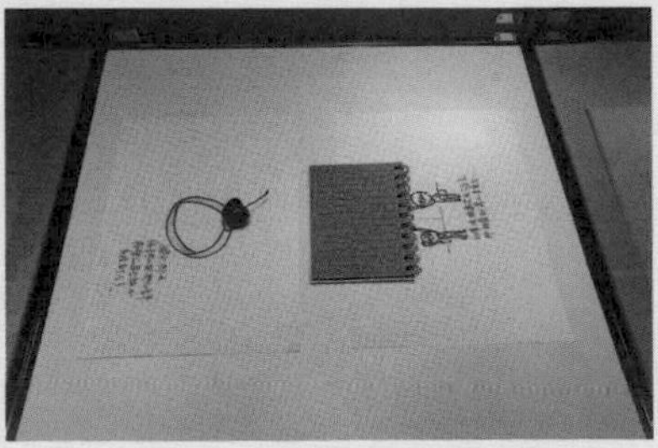

粉絲互動留言牆

長得好看的都來看展了

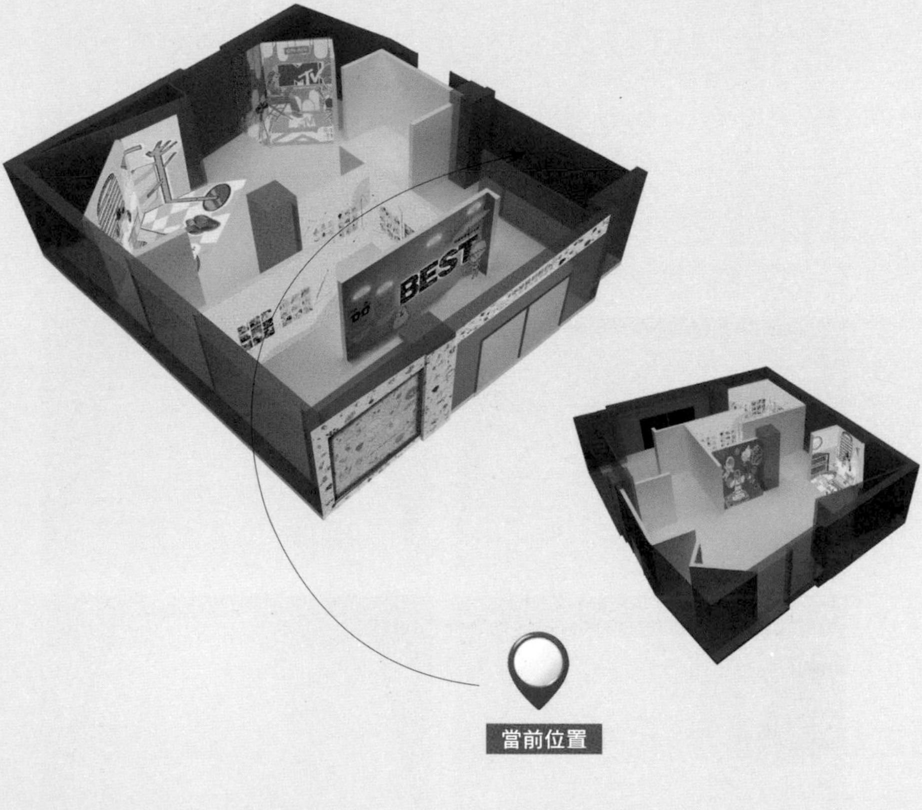

你是最好的自己
— BEST & WE ARE YOUNG —
这是最好的时光

你是最好的自己
微博最励志图文搭档
杨杨 & 张皓宸
给所有年轻人信心的故事
i'm gentle
湖南文艺出版社

國家圖書館出版品預行編目資料

你是最好的自己 / 張皓宸著；楊楊攝影. -- 初版. -- 臺北市：皇冠, 2018.04
面；　公分. -- (皇冠叢書；第4687種)(張皓宸作品集；1)
ISBN 978-957-33-3371-5(平裝)

857.63　　107004080

皇冠叢書第4687種
張皓宸作品集 1

你是最好的自己

作　　者—張皓宸
攝　　影—楊楊
發 行 人—平雲
出版發行—皇冠文化出版有限公司
台北市敦化北路120巷50號
電話◎02-27168888
郵撥帳號◎15261516號
皇冠出版社(香港)有限公司
香港上環文咸東街50號寶恒商業中心
23樓2301-3室
電話◎2529-1778　傳真◎2527-0904
總 編 輯—龔橞甄
責任主編—許婷婷
責任編輯—陳怡蓁
美術設計—王瓊瑤
著作完成日期—2017年
初版一刷日期—2018年4月

法律顧問—王惠光律師

讀者服務傳真專線◎02-27150507
電腦編號◎567001
ISBN◎978-957-33-3371-5
Printed in Taiwan
本書定價◎新台幣350元/港幣117元